Ursula Herzel

Man muss so machen, wie‘s geht
Die Lebensgeschichte einer starken Frau

Ursula Herzel

Man muss so machen, wie‘s geht

Die Lebensgeschichte einer starken Frau

Rediroma-Verlag

Bibliografische Information der Deutschen Nationalbibliothek:
Die Deutsche Nationalbibliothek verzeichnet diese Publikation in der Deutschen Nationalbibliografie; detaillierte bibliografische Daten sind im Internet über http://portal.dnb.de abrufbar.

ISBN 978-3-98527-336-2

Umschlagillustration: LilKar (shutterstock.com)

www.rediroma-verlag.de
10,95 Euro (D)

Kapitel 1

Die Morgensonne schob ihre Strahlen durch die Ritzen der geschlossenen Vorhänge in die Kammer, in der Luise und ihre große Halbschwester Berta schliefen. Die Kammer lag im ersten Stock des Wohnhauses der Getreidemühle, die Luises Eltern gehörte. Die Mühle lag am Kraichbach, der das große Wasserrad antrieb. Hier war es nie ganz still, denn der Bach, der ein kleines Gefälle besaß, vor allem aber vom Mühlrad durchgeschüttelt wurde, rauschte beständig Tag und Nacht. Die Mühle bestand aus mehreren Gebäuden, die in einer Art Hufeisen angeordnet waren. Links stand das Wohnhaus, dahinter befand sich der Kuhstall samt Scheune. Das Zentrum bildete das hoch aufragende Mahlhaus. Gegenüber dem Wohnhaus standen zwei große Schuppen. In dem einen waren die Kutsche und andere Fuhrwerke, im anderen die Geräte für die Landwirtschaft und das Werkzeug untergebracht.

Bertas Mutter war bei ihrer Geburt gestorben. Der Vater der Mädchen hatte rasch wieder geheiratet, und so waren Berta und Luise gerade drei Jahre auseinander und fühlten sich so eng verbunden wie richtige Schwestern. Luise wachte davon auf, dass ein Sonnenstrahl auf ihr Gesicht fiel, und war sofort hellwach, obwohl es noch sehr früh sein musste. Die Mutter kam nämlich jeden Morgen um sechs Uhr zum Wecken in die Kammer der Mädchen. Anschließend weckte sie Luises jüngere Brüder Fritz, Hugo und Rudolf, die sich zu dritt das Zimmer nebenan teilten. Luise hörte die Mutter unten in der Küche rumoren, also musste es wohl kurz vor sechs sein. „Das Kalb“, dachte Luise, „ich muss nachsehen, ob Leni das Kalb heute Nacht geboren hat.“ Am Abend zuvor war Leni, eine der zwanzig Milchkühe, sehr unruhig gewesen und der Vater hatte gesagt, er werde die Nacht über bei ihr bleiben. Luise wäre auch gern bei der Kuh im Stall geblieben, aber das erlaubte die Mutter nicht. Nur Fritz durfte beim Vater und der Kuh bleiben, obwohl er zwei Jahre jünger war als Luise. Aber er war nun mal ein Junge und außerdem der zukünftige Mühlenerbe. Für seine zehn Jahre war er kräftig gebaut und in allen handwerklichen Dingen schon sehr geschickt. Dazu kam, dass er eine rasche Auffassungsgabe besaß und auch in der Schule gut mitkam. Luise bewunderte ihren Bruder, weil ihm meistens gelang, was er anfasste. Doch auch sie hatte geschickte Hände. Die Arbeit im Haus oder die Handarbeiten fand sie aber eher langweilig. Ihr Herz schlug für die Arbeit im Freien und ganz besonders für alle Tiere. Die Kühe hatten es ihr besonders angetan, aber auch die Hühner mochte sie gerne. Sie ekelte sich auch nicht vor Mäusen oder Spinnen so wie Berta. Nur Ratten konnte sie nicht ausstehen. Sie war dem Mühlenkater Muck sehr dankbar, dass er getreulich alle Ratten zur Strecke brachte, die er erwischen konnte. Nur wenn er der Familie eine tote Maus vor die Tür legte, tat ihr das Mäuschen immer leid. Fritz schalt sie dann und nannte sie eine Zimperliese. Das fand sie ungerecht. Sie wusste sehr wohl, dass die Mäuse das wertvolle Getreide nicht fressen und verschmutzen sollten. Nur hatte sie eben Mitgefühl mit den niedlichen kleinen Tierchen.

Rasch schlüpfte Luise aus dem Nachthemd, streifte das baumwollene Unterkleid und die Schürze über und schlüpfte leise aus der Kammer, um Berta nicht zu wecken, die noch selig schlummerte. Barfuß schlich sie die Treppe hinunter. Schuhe brauchte sie keine, es war ja Sommer. Außerdem wollte sie nicht, dass Mutter sie bemerkte. Die hätte sie bestimmt zu sich gerufen und ihr irgendeine öde Hausarbeit aufgetragen. Luise fragte sich oft, wieso man als Mädchen automatisch die Hausarbeit der Arbeit mit den Tieren vorziehen sollte, so wie ihre Mutter das behauptete. Berta, ja, die hatte ein Händchen für den Haushalt. Groß und dennoch zierlich gewachsen, mit einem hübschen Gesicht und einer ebenso hübschen Singstimme ausgestattet, war sie der Inbegriff des „lieben Mädchens“. Luise war eher klein gewachsen, etwas gedrungen und „so unmusikalisch wie die Nacht“, wie Hugo, ebenfalls ein guter Sänger, sich auszudrücken pflegte. Dabei liebte sie Musik. Sie sang die Lieder eben ein wenig anders als die anderen. Am liebsten hielt sie sich im Kuhstall oder bei den Hühnern auf. Es machte ihr auch nichts aus, dass es dort etwas streng roch, während Berta freiwillig keinen Stall betrat, weil es ihr dort zu sehr stank. Luise würde auch ausmisten, wenn es nötig wäre, oder beim Füttern helfen. Dafür waren jedoch der Knecht Alfred und der Vater zuständig. Auch die Buben mussten diese Arbeiten schon verrichten und gaben mächtig damit an. Sie wetteiferten beispielsweise, wer die Mistkarre am höchsten beladen oder die meisten Heuballen tragen konnte. Das Melken der Kühe und das Buttern war jedoch Frauenarbeit, und Luise molk schon so gut wie eine Erwachsene. Manchmal fragte sie sich schon, warum um die Männerarbeit immer so ein Wesen gemacht wurde, wo doch die Frauen genauso viel arbeiteten. Aber richtig böse war sie ihren Brüdern nicht, da sie recht gutmütig veranlagt war. Zudem wurden die Jungen vom Vater zurechtgewiesen, wenn sie ihre Aufschneiderei zu weit trieben. Fritz oder Hugo machten dann öfters einen kleinen Witz, über den alle wieder lachen konnten. Der Vater war ein heiterer Mensch, der gerne lachte, obwohl er doch hart arbeiten musste. Die Mutter hingegen konnte sehr ungeduldig werden, wenn etwas nicht nach ihren Vorstellungen lief. Sie war in der Stadt aufgewachsen und hatte mit der Landwirtschaft vorher nie etwas zu tun gehabt. Stattdessen hatte sie ein Mädchenpensionat besucht und neben feinen Manieren Französisch und Klavier spielen gelernt. Das meiste davon konnte sie in der Mühle jedoch nicht mehr gebrauchen. An langen Winterabenden sang sie den Kindern oft vor, erzählte Geschichten oder spielte ihnen ganze Theaterszenen vor. Dann sagte der Vater meist: „Ida, an dir ist eine Künstlerin verloren gegangen!“ Das freute die Mutter sehr. Anders als in den anderen Haushalten auf dem Land stand in der guten Stube ein Klavier. Die Mutter spielte sehr gut und war stolz, dass auch Berta und Hugo sich für das Klavierspiel begeisterten. Außerdem bestand sie darauf, dass die Familie getrennt vom Gesinde im Esszimmer am schön gedeckten Tisch aß. Dem Vater gefiel das, auch wenn diese Sitten in anderen Mühlenhaushalten völlig unüblich waren.

Hugo war ein zarter, nachdenklicher Junge, der oft kränkelte. Dafür lernte er gern für die Schule und sollte einmal Abitur machen dürfen. Luise ging zwar auch gern zur Schule, war aber mehr für die praktischen Arbeiten zu haben. In Handarbeiten war sie so gut wie Berta, nur mit dem Unterschied, dass sie so wenig Lust dazu hatte. Manchmal tat die städtisch geprägte Mutter Luise fast ein bisschen leid. Sie konnte sich aufregen, wenn ihre Leute im Wengert, wie hier ein Weinberg genannt wurde, arbeiteten, und nicht pünktlich um 12 Uhr am Mittagstisch saßen. Dabei war der Wengert beinahe eine Stunde Fußweg entfernt. Da konnte man eine Arbeit nicht einfach unterbrechen, sondern musste sie zu Ende bringen. Luise verstand das und nahm es in Kauf, dass das Essen an diesen Tagen etwas zerkocht war. An diesen Tagen lobte sie das Essen absichtlich, um die Mutter etwas aufzuheitern. Denn sie sah wohl, wie mühsam es war, jeden Tag für elf Leute zu kochen. Zu der siebenköpfigen Familie kamen noch die beiden Mühlenhelfer Otto und Heinrich dazu, Alfred für die Landwirtschaft und eine Magd, die vor allem bei der Hausarbeit half. Barbara, die von allen nur Barb gerufen wurde, stand praktisch nur in der Küche, wenn sie nicht gerade im Haus saubermachte oder Waschtag war. Dann stand sie den ganzen Tag in der Waschküche, rührte die Wäsche in den großen Kesseln, nachdem sie sie auf dem Waschbrett gewalkt und geklopft hatte. Zudem half sie der Mutter, den großen Mühlgarten zu bewirtschaften. Ebenso gern wie im Stall arbeitete Luise im Garten. Das Mädchen gab schon gut acht und lernte, wie die Sachen angebaut wurden und worauf man bei den einzelnen Gemüsesorten achten musste.

Inzwischen war Luise zur Haustür hinaus und überquerte den Hof, der um diese Tageszeit noch verlassen dalag. Das würde sich bald ändern, denn es war Erntezeit, und die Bauern aus den umliegenden Dörfern, die der Mühle zugeordnet waren, standen dann mit ihren Fuhrwerken oft Stunden in der Schlange, um ihr Korn mahlen zu lassen. Den meisten Bauern war diese Unterbrechung zwar lästig, aber sie nutzten sie dann doch gerne, um im Schatten etwas auszuruhen und mit den anderen Bauern ein Pfeifchen zu rauchen und zu schwatzen. Die Kinder hatten dann die

Aufgabe, den Bauern etwas zu trinken zu bringen und den Gespanntieren einen Eimer Wasser zum Saufen.

Die Bauern wussten das zu schätzen. Nicht nur deshalb war der Vater beliebt, hatte er doch den Ruf, ehrlich abzurechnen und Bauern, die nicht gleich bezahlen konnten, den Betrag für eine Weile anzuschreiben.

Leise betrat Luise den Kuhstall. Und da stand neben Leni ein kleines knubbeliges Kälbchen und trank, während sein Stummelschwänzchen aufgeregt hin und her wackelte. „Oh, ist das niedlich!“, entfuhr es Luise. Vater und Fritz lehnten gähnend an der Tür zum Verschlag, etwas blass im Gesicht und mit Ringen unter den Augen. „Guten Morgen“, schmunzelte der Vater. „Na, hat dich die Neugier nicht mehr schlafen lassen?“ Luise entgegnete trotzig: „Wenn Mutter es mir nicht verboten hätte, wäre ich heute Nacht auch dabeigeblieben.“

„Ja, schon klar. Ich hätte gern mit dir getauscht und die Nacht über gemütlich im Bett gelegen“, murmelte Fritz. „Jetzt gehen wir alle ins Haus und frühstücken erst mal etwas“, beschloss der Vater. „Fritz, du kannst dich nach dem Frühstück nochmal eine Stunde aufs Ohr legen. Alfred soll heute allein ausmisten und ich werde die Mahlgänge vorbereiten.“ So gingen also alle drei zum Wohnhaus, wo die übrige Familie nach und nach am Frühstückstisch eintraf. Zuletzt kam Rudolf, wie immer mit seinem liebsten Bilderbuch vor der Nase. „Schau Mutter, ich hab´ wieder ein neues Wort gelernt. Hier steht „Haus“, rief er eifrig und zeigte der Mutter das Wort in seinem Buch. Rudolf sollte bald in die Schule kommen und gab sich große Mühe, mit seinen Geschwistern mitzuhalten. Die Mutter musste schmunzeln und strich dem kleinen Jungen flüchtig übers Haar. Ihrem Jüngsten gegenüber zeigte sie zuweilen ein wenig Zärtlichkeit, mit der sie bei den anderen Kindern eher sparte.

Der Vater war stolz auf seine Kinder und lobte sie häufig. Er war nicht der Meinung, dass es genug Lob sei, wenn man nicht mit ihnen schimpfte. Außerdem war er froh, dass sie alle in der Schule gut mitkamen. Er hätte selbst gern Abitur gemacht und alte Sprachen studiert. Stattdessen hatte er nach dem frühen Tod seines Vaters die Mühle übernommen und seine eigenen Träume begraben. Hugo sollte also das bekommen, was ihm selbst versagt geblieben war. „Er kann ja doch die Mühle nicht übernehmen. Dann soll er studieren, wenn er will", hatte er gesagt. Berta und Luise hatten stumm Blicke getauscht. Sie fragte keiner, ob sie gerne Abitur machen würden oder gar studieren. Sie durften ja noch nicht einmal ein fröhliches Lied vor sich hin pfeifen, wenn ihnen danach war. Alles bloß, weil sie keine Jungen waren. Luise pfiff manchmal, wenn sie allein war, dann störte es auch keinen. Luises Lieblingsort war eine kleine Brücke, die den Bachdamm mit dem Mahlhaus verband. Unmittelbar vor der Brücke hatte der Bach das Gefälle, das notwendig war, um das Mühlrad anzutreiben. Davor war ein Wehr, mit dem der Bach gestaut werden konnte, um so die Wassermenge und den Schub auf das Mühlrad zu vergrößern. Hinter der Brücke blickte man auf eine große Wand. An ihrem unteren Rand rauschte und brodelte es fast ohrenbetäubend. Denn hinter dieser Wand lief das Mühlrad. Luise liebte es, auf dieser Brücke zu stehen, ins Wasser zu schauen und zu warten, bis sie schwindelig und beinahe selbst berauscht war von all dem Tosen und Brausen. Dort konnte sie auch nach Herzenslust singen oder pfeifen, vereint mit dem ewigen Lied des Baches.

Kapitel 2

Der Sommer ging, der Herbst auch und es war Winter geworden. Nun fiel den Kindern das frühe Aufstehen recht schwer, denn draußen war es noch finstere Nacht und in den Schlafkammern war es morgens bitterkalt. Die Küche war der einzige Ort, an dem es richtig warm war. Zum Glück gab es zum Frühstück immer einen heißen Malzkaffee und ein gutes Stück Brot mit Butter oder etwas Käse oder Speck. Satt zu essen hatten sie immer, galten sie doch als recht wohlhabend gegenüber den meisten Bauern im Umland. Ihnen gehörten die Mühle und der Hof. Zum Hof gehörte eine ganze Reihe Felder, Wiesen und ein Weinberg, der allerdings am anderen Ende des Dorfes lag. Nicht zuletzt hatte ein Müller als besonderes Privileg das Wasserrecht. Das bedeutete, dass er das Wasser vom Bach zum Antrieb des Mühlenrades stauen durfte. Außerdem konnten sie das Wasser zum Gießen des großen Mühlgartens aus dem Bach holen. Es litt also niemand Not, wenn auch die Eltern von früh bis spät arbeiteten und auch die Kinder schon ordentlich mithelfen mussten.

Auch der Bachdamm durfte genutzt werden und bot reichlich Futter für die Hasen, die eigentlich nur gehalten wurden, um den Speiseplan abwechslungsreicher zu gestalten. Luise liebte auch diese Tiere und wurde nicht müde, sich um sie zu kümmern. Besonders mochte sie es, die zahmeren unter den Hasen auf den Arm zu nehmen und ihr weiches Fell zu streicheln. Schlimm war es freilich, wenn einer von ihnen geschlachtet wurde, denn das erledigte der Vater selber. Die Kühe wurden wenigstens abgeholt. Als Luise etwa acht Jahre alt war, sollte Lumpi, Luises Lieblingshase, geschlachtet werden. Gerade als der Vater den Knüppel hob, um das Tier mit einem Schlag auf den Kopf zu töten, klammerte sich Luise weinend an seinen Arm und schrie: „Nicht, Vater, bitte mach ihn nicht tot, den Lumpi!“

„Aber Lulu“, sagte der Vater, „du weißt doch, dass es sein muss.“ Lulu war ihr Kosename, den sie sich selbst gegeben hatte, als sie gerade sprechen lernte. Luise weinte so bitterlich, dass ihre Mutter und ihre Geschwister Mitleid mit ihr hatten.

„Komm, Luise, wir backen einen schönen Kuchen für den Sonntag“, versuchte die Mutter sie zu trösten. „Ich will keinen Kuchen“, schrie Luise. Berta schenkte ihr ihre schönste Haarschleife, die sie besaß, aber auch das konnte Luise nicht trösten. Lumpi wurde geschlachtet, da half alles Betteln nichts.

Seitdem gab Luise den Hasen keine Namen mehr und versuchte auch, sich nicht mehr mit einem Tier allzu eng anzufreunden. Aber wenn es kalt war, so wie jetzt, war es herrlich, sich die Hände im Fell eines Hasen oder einer Kuh zu wärmen.

Der Winter war lang und hart. Eines Tages jedoch streckten die ersten Schneeglöckchen ihre Köpfe aus der Erde, und alle wussten, dass das Schlimmste überstanden war. Die Menschen waren froh, wenn das Futter für das Vieh wieder gereicht hatte und niemand ernstlich krank geworden war. Wie immer im Spätwinter besuchte der „Viehjud“ die Mühle. So wurde er genannt, und keiner dachte sich etwas dabei, obwohl das Wort nicht besonders freundlich war. Abraham Stein, der jüdische Viehhändler, war ein kleiner Mann, der immer ein Lächeln auf den Lippen trug. Er kaufte dem Vater meist die Jungbullen ab und verkaufte ihm die eine oder andere Milchkuh. Damit es keinen Ärger oder gegenseitige Anschuldigungen gab, wurde alles in Verträgen festgehalten. Für trächtige Kühe gab es sogar eigene Regelungen. „Mir ist das sehr recht mit den Verträgen", meinte Herr Stein oft. „Solange alles gut geht, bin ich willkommen. Aber wehe, es wird eine Kuh krank oder trägt nicht. Dann werde ich gleich beschuldigt, die Bauern betrogen zu haben. Was kann ich dafür, wenn die Bauern nicht richtig füttern? Oder kann ich vielleicht in eine Kuh reingucken, ob da innen drin alles so ist, wie es sein soll?" Der Händler kam überall herum und hatte immer ein paar gute Geschichten auf Lager. Und wenn er keine hatte, dachte er sich welche aus. Auf die Frage, in welcher Straße er in seinem Dorf denn wohne, hatte er einmal geantwortet: „Ich wohne da, wo die Pfannkuchen nur auf einer Seite gebacken werden." Als der Bauer, der ihn gefragt hatte, sich darüber verwunderte, rief Herr Stein vergnügt: „Das liegt daran, dass in der Straße nur auf der einen Seite Häuser stehen." Mutter liebte seine Geschichten besonders und lud ihn immer zum Essen ein. Auch an diesem Tag setzte sich nun die Familie mit ihrem Gast zum Essen. Heute war der Händler jedoch gar nicht zum Scherzen aufgelegt. „Herr Kramer", begann er, „in Bruchsal erzählt man sich, es könne bald Krieg geben. Die Serben würden immer unverschämter und der Kaiser von Österreich sowie Kaiser Wilhelm wollten sich das nicht mehr lange bieten lassen." Der Vater nickte: „Ja, die Serben werden wohl nicht mehr unsere Freunde. Aber ein Krieg gegen sie? Da haben wir ja gleich noch die Russen und die Franzosen am Hals. So unklug wird unser Kaiser wohl nicht sein, gegen die Russen kämpfen zu wollen."

„Ich hätte nichts gegen einen kurzen knappen Krieg gegen die Franzosen“, schaltete sich Alfred ein. „Endlich mal rauskommen aus dem Nest und was sehen von der Welt! Das wär′ doch mal was!“

„Du redest so, wie du es verstehst, Alfred!“, schalt ihn der Vater. „Was meinst du denn, was du da zu sehen kriegst? Deine Kameraden und dein Gewehr, Geschütze und einen Wald. Und wenn es dumm läuft, noch nicht einmal den, sondern einen Schützengraben vor deiner Nase.“ Mutter meinte: „Und wer soll dann hier die Arbeit schaffen, wenn alle jungen Männer eingezogen sind? Das gibt nichts außer Unglück! Zum Glück sind unsere Buben noch zu jung, um Soldaten zu werden!“

„Och Mutter, da wäre doch nichts dabei“, rief Fritz, „jeder Stoß ein Franzos!“ Hugo und Rudolf kicherten begeistert. „Schluss mit dem dummen Geschwätz“, befahl der Vater, „esst lieber weiter jetzt!“ Alle am Tisch taten wie geheißen und bald drehten sich die Gespräche wieder um andere Themen.

Aber der Viehhändler sollte recht behalten. Am 28. Juli 1914 begann der erste Weltkrieg, nach dem in Deutschland und Europa nichts mehr so sein würde, wie es gewesen war. Für die Mühlenleute begann eine schwere Zeit. Otto und Alfred waren gleich zu Beginn des Krieges eingezogen worden. Heinrich sollte 1915 folgen. Dafür hatten sie einen russischen Kriegsgefangenen bekommen. Er hieß Aljoscha, und konnte wirklich zupacken. Sicher hatte er oft Heimweh, denn er hatte zu Hause schon Frau und Kinder. Kurze Zeit darauf bekamen sie Gabriel, einen jungen Franzosen zugewiesen. Der arme Kerl lief immer mit ängstlicher Miene und hochgezogenen Schultern umher. Sogar vor den

Kindern schien er sich zu fürchten. Luise fragte sich, wie sie es anstellen sollte, damit er mehr Vertrauen zu ihnen fasste. Eines Tages sollte sie in der Scheune ein wenig Brennholz hacken. Sie dachte sich: Ich nehme den Gabriel mit. Er kann mir ja helfen, das Holz aufzustapeln. Oder vielleicht mag er selbst hacken. Könnte ja sein, dass er etwas auftaut. Luise ging zum Schuppen und holte die Axt. Dann rief sie Gabriel, aber der schaute sie nur noch verstörter an als sonst. „Komm, Gabriel, wir hacken Holz zusammen", rief sie und deutete mit der Axt in Richtung Hauklotz. Gabriel kam nur widerwillig näher und blieb mit großem Abstand stehen. „Was ist los, Gabriel?", fragte ihn das Mädchen und lächelte ihn freundlich an. „Du musst doch keine Angst vor mir haben." Gabriel wand sich verlegen und schaute angestrengt auf den Boden. „Ich Angst, du mich totschlagen vielleicht." Luise schnappte nach Luft. Sie war so geschockt, dass sie nicht wusste, was sie darauf antworten sollte. Was konnten Menschen einander antun und was musste der junge Mann erlebt haben, dass er auf so einen Gedanken kam? Darauf wusste Luise nichts zu sagen. Stumm fing sie an, das Holz zu hacken und zeigte Gabriel, wie er es aufsetzen sollte. So arbeiteten sie schweigend, jeder in seine Gedanken versunken, bis die Mutter zum Essen rief. Die Mutter sorgte dafür, dass alle genug zu essen bekamen. „Wer hart arbeitet, muss auch genug essen, egal, wo er nun herkommt", pflegte sie zu sagen. Schlafen durften Aljoscha und Gabriel allerdings nicht im Haus. Sie hatten jeder einen kleinen Verschlag mit einem Schlafplatz neben der Getreidekammer. Aber obwohl die beiden fleißig arbeiteten, konnten zwei Hilfskräfte nicht die drei tüchtigen Männer ersetzen, die vor dem Krieg auf der Mühle gearbeitet hatten. Der Vater, die Buben und auch Luise schufteten, wie sie nur konnten. Abends fielen sie todmüde ins Bett. Außerdem war jetzt alles rationiert, was man zum täglichen Leben brauchte, was wiederum die Hausarbeit für die Mutter und Barbara nochmals erschwerte. Jeder Sack Getreide, der gemahlen wurde, musste registriert werden. Ständig tauchte der Mühlenkontrolleur Albert Schmitz unangemeldet und zur Unzeit auf und verlangte mit wichtiger Miene Einblick in die Bücher. Es wurde dem Vater nun fast nicht mehr möglich, ärmeren Bauern das Geld für gemahlenes Getreide anzuschreiben. Manchmal gelang es ihm, den einen oder anderen Sack an der Registrierung vorbeizumogeln, so dass die Bauern nichts dafür zahlen mussten. Eines Tages stürmte Albert Schmitz in die Mühle. In seiner sonst so hochmütigen Miene lag heute ein anderer Ausdruck. Seine Augen funkelten, und es lag eine gewisse Gehässigkeit darin. „Herr Kramer", rief er schon von Weitem, „jetzt sind Sie dran!" „Erst einmal einen guten Tag, Herr Schmitz. Wir wollen doch immer noch höflich zueinander sein, nicht wahr?", wies ihn der Vater zurecht. „Tja, Herr Kramer, dazu muss man sich aber an die Vorschriften halten. Mir ist zu Ohren gekommen, dass Sie nicht registriertes Mehl ausgegeben haben. Und das schon mehrmals!", ereiferte sich der Kontrolleur. „Oder wollen Sie das bestreiten?"

„Ich hatte meine Gründe, gute Gründe, wie Sie sich wohl denken können.", entgegnete der Vater. Herr Schmitz hörte schon nicht mehr zu, sondern kritzelte mit großem Eifer etwas in sein Notizbuch. „Die Mühle ist hiermit ab nächster Woche geschlossen. Sie können jetzt noch mahlen, was unbedingt sein muss. Danach ruht der Mahlbetrieb für die nächsten vier Wochen! Morgen kommt ein Schild an den Hofeingang, damit alle Bescheid wissen." Mit diesen Worten klappte der Kontrolleur sein Notizbuch zu und eilte davon. Die Kinder waren alle dazugekommen und standen nun mit hängenden Köpfen da. Als die Mutter von der Schließung erfuhr, wurde sie ganz bleich. „Was für ein widerlicher Mensch ist das nur, dieser Schmitz!" Und dann folgte eine ganze Flut von Schimpfwörtern aus ihrer alemannischen Heimat, die selbst die Familie noch nie gehört hatte. „Nun reg dich nicht so auf, Liebe", versuchte der Vater sie zu beschwichtigen, „wir verhungern schon nicht. Luise arbeitet in der Landwirtschaft wie eine Große, nicht wahr, Luise?" Das Mädchen, errötete vor Stolz und straffte die Schultern. „Natürlich, Vater. Auf mich kannst du dich verlassen!", antwortete sie. „Ihr Buben, nun schaut nicht so betrübt", fuhr der Vater fort, „wir bringen die Mühle auf Vordermann, überbrücken die Zeit mit Aufräumen und Ausbesserungsarbeiten. Kommt, wir fangen gleich damit an."

„Und ich bring euch das das Werkzeug, das ihr dafür braucht", rief Rudolf. Vater tätschelte dem Kleinen freundlich die Backe. „So wird's gemacht", sagte er. Auch wenn der Vater bemüht war, das Beste aus der Situation zu machen, war er nicht gewillt, die Schließung der Mühle einfach hinzunehmen, nur weil er den Bauern, die nicht mehr weiterwussten, ein bisschen unter die Arme gegriffen hatte. Als die vier Wochen der Schließung um war, machte er die Mühle einfach nicht mehr auf. Sollten die Behörden ruhig einmal sehen, dass ein Kramer sich nicht schikanieren ließ. Eines Tages stand der Bürgermeister persönlich in der Küche, um den Vater zu bitten, die Mühle wieder aufzumachen. Das versöhnte den Vater, und er nahm den Betrieb wieder auf. Zu seinen Kindern sagte er: „Merkt euch eines: Seid höflich und hilfsbereit zu allen Menschen und gut zu den Tieren. Aber wenn euch einer schikaniert, haltet dagegen!“ Die Kinder hatten aufmerksam zugehört und prägten sich die Worte ein.

Zu Ostern 1915 kam Hugo aufs Gymnasium nach Bruchsal. Die Eltern brachten ihn morgens zur Einschulung hin, während Luise und Katharina Hugos Lieblingsessen zu Mittag vorbereiteten. Es gab Pfannkuchen mit einem kleinen Stück Speck. Das meiste Fleisch mussten sie abliefern. Eier, Milch und Mehl waren noch genug da für die Familie, so dass sie nicht hungern mussten wie die Menschen in den Städten. Dazu hatten sie Kartoffeln, Bohnen, Erbsen und gelbe Rüben.

So vergingen die ersten beiden Kriegsjahre. An Ostern 1916 kam Luise aus der Schule, was sie ein wenig bedauerte. Es gab Vieles, was sie noch gerne gelernt und erfahren hätte. Sie war nun vierzehn Jahre alt und galt daheim schon beinahe als erwachsen. Ein weiterer Schulbesuch stand nicht zur Debatte. Als Luise sich dann doch ein Herz fasste und sich bei ihren Eltern darüber beklagte, versuchte sie die Mutter zu trösten. „Sieh doch mal, was mir mein Französisch und das Musizieren hier nützt! Du lernst hier alles, was du später brauchst, Haushalt und Landwirtschaft. Vielleicht heiratest du einen reichen Bauern. Eine gute Partie gibst du schon ab, tüchtig und geschickt, wie du bist.“

„Na ja, wahrscheinlich hast du recht“, seufzte Luise, die sich über das unerwartete Lob der Mutter freute. „Nur das Schlachten von Hühnern und das Ausnehmen der Hasen muss ich noch lernen. Aber ich glaube manchmal, ich lerne das nie. Ich hab´ die Tiere einfach zu gern“, rief das Mädchen.

Berta hatte von ihrer verstorbenen Mutter eine kleine Erbschaft erhalten, und so entschlossen sich die Eltern, das Mädchen für zwei Jahre in ein Internat nach Baden-Baden zu schicken, wo sie nach Herzenslust Handarbeiten machen und musizieren konnte, und alles Nötige lernte, um einen Stadthaushalt zu führen. Der Abschied von Berta fiel Luise entsetzlich schwer. Sie waren doch immer zusammen gewesen und hatten sich trotz ihrer Unterschiedlichkeit immer etwas zu erzählen gehabt. Auch Berta fiel der Abschied schwer, aber sie freute sich auch auf die neue Schule. „Stell dir vor, ich kann jetzt sogar Französisch lernen wie die Mutter! Vielleicht lerne ich dann eines Tages einen feinen Herrn kennen!“, meinte sie und ihre Augen leuchteten dabei. „Aber vielleicht magst du uns dann gar nicht mehr“, jammerte Luise und besah sich ihr einfaches hellbraunes Baumwollkleid und ihre ewig schmutzigen Fingernägel. „Aber nein“, lachte Berta, „soweit lasse ich es nicht kommen! Aber ein Herr Lehrer wäre schon was, oder?“ Und so fuhr Berta ab in ihr neues Leben. Nach zwei Jahren holten die Eltern sie jedoch wieder nach Hause. Es hatte ihnen keine Ruhe gelassen, dass Berta im Krieg so weit weg war und womöglich in Gefahr geraten konnte. Berta hatte sich in der Zeit sehr verändert, und es fiel ihr schwer, sich in der Mühle wieder einzugewöhnen. Ihr einziger Trost war, dass sie und Luise wieder zusammen waren und dass sie jetzt im Kirchenchor singen durfte. Lehrer Bautendistel lobte ihre schöne Stimme und gab ihr richtige Notenblätter, da sie ja im Gegensatz zu den anderen Noten lesen konnte. Der Vollblutmusiker leitete mehrere Chöre und Gesangvereine, der Schulunterricht geriet ihm mehr zur Nebensache. Das ging so weit, dass er sich sogar zu der Aussage hinreißen ließ, dass ihm die Arbeit in der Schule die beste Zeit nehmen würde. Der musikalischen Förderung von begabten Kindern wie Berta widmete er sich mit Hingabe.

Der Krieg zog sich in die Länge und immer öfter sah man den Pfarrer in ein Haus hineingehen und mit bekümmertem Gesicht wieder herauskommen. Er war es nämlich, der den Familien die Nachricht überbringen musste, wenn ihr Angehöriger gefallen war. Dazu kam die bedrückende Versorgungslage vor allem mit Lebensmitteln. In der Zeitung las man von Kindern in den Städten, die reihenweise an Schwindsucht starben, weil sie nicht mehr genug oder zu einseitig zu essen bekamen. Steckrüben hatte man bisher nur an das Vieh verfüttert, da sie holzig und reichlich bitter im Geschmack waren. Mittlerweile aßen die Menschen davon, weil es kaum mehr etwas anderes gab. In der Mühle bepflanzten sie jedes Fleckchen Erde im Garten, um einigermaßen über die Runden zu kommen, Steckrüben musste hier zum Glück niemand essen.

Dann endlich war der Krieg vorbei, der Kaiser und der badische Großherzog hatten abgedankt und Deutschland den Waffenstillstand unterzeichnet.

Aljoscha sollte nach Hause zurückkehren. Nun hätte man ja erwarten können, dass er sich darüber gefreut hätte. Aber in den drei Jahren, in denen er hier gewesen war, hatte er sich so gut eingelebt, dass er gerne geblieben wäre. Seine Familie in Russland war ihm fremd geworden. Außerdem tobte in seiner Heimat ein Bürgerkrieg, und er fürchtete, als

Kriegsheimkehrer zwischen die Fronten zu geraten. An einem nasskalten Montag im November brachte ihn die Familie zur Bahnstation, von wo aus er die Heimreise antreten würde. Der Abschied fiel allen schwer, die Mutter und die Mädchen weinten ein wenig. Aljoscha versprach, gleich zu schreiben, wenn er Gelegenheit dazu bekäme. Doch die Familie sollte nie wieder etwas von ihm hören. Auch von Gabriel, der sich inzwischen gut eingelebt hatte und sich zu einem fröhlichen jungen Mann entwickelt hatte, fiel der Abschied nicht leicht. Luise traf es besonders hart. Sie war nun ein junges Mädchen und hatte sich ein bisschen verliebt in den hübschen Burschen mit den grünen Augen, die sie so tief anblicken konnten. Außer Berta wusste niemand von ihrer Schwärmerei.

Zur großen Freude aller kam Alfred heil aus dem Krieg zurück und tauchte eines Morgens wieder in der Mühle auf, wo er herzlich empfangen wurde. Heinrich war gefallen. Otto war zwar heimgekehrt, aber er war „nicht mehr ganz richtig im Kopf", wie die Leute sagten. Ständig zitterte er und fing ohne ersichtlichen Grund an zu weinen. Zur Arbeit in der Mühle war er nicht mehr zu gebrauchen. Er saß jetzt daheim bei seinen Eltern und half dort mit leichten Tätigkeiten bei der täglichen Arbeit mit.

Kapitel 3

Die Zeit verging, langsam kehrte wieder der Alltag in der Mühle ein. Der Vater hatte zwei neue Mühlenhelfer eingestellt, die bald gut eingearbeitet waren. So ging die Arbeit weiter wie zuvor auch. Der Kaiser blieb im Exil, und in allen größeren Städten des Landes wurde noch 1918 die Republik ausgerufen. Für die Menschen auf dem Lande, zudem weit weg von Berlin, änderte das an den Abläufen des Alltags kaum etwas. Von den politischen Kämpfen bekam man hier nichts mit. Die Menschen in der Stadt und auf dem Land arbeiteten hart, nur um das Notwendigste zum Leben zu haben, zumal sich die Versorgungslage nur langsam besserte. Luise kümmerte das alles nicht, denn etwas Wunderbares war in ihr Leben getreten. Sie hatte sich verliebt. Er hieß Hans und ging mit Hugo in die Unterprima, hatte also noch ein Jahr Schule bis zum Abitur. Es war im Sommer nach ihrem 20. Geburtstag, als sie ihn zum ersten Mal sah. Sie war gerade zum Füttern mit dem Vater im Kuhstall gewesen und hatte durstig die Küche betreten, um ein Glas Wasser zu trinken. Da saßen Hugo und sein Freund Hans am Küchentisch. Sie waren in ein lebhaftes Gespräch vertieft und lachten miteinander. Hans sah aus, als würde er gern und oft lachen. Und er hatte die schönsten blauen Augen, die Luise jemals gesehen hatte. Hugo machte die beiden miteinander bekannt. Sofort sprang Hans höflich auf und wollte ihr die Hand geben. Luise genierte sich zu Tode, denn sie roch nach Kuhstall und ihre Hände waren nicht die saubersten. „Ähm, tut mir leid, aber ich komme grade aus dem Stall“, stotterte Luise verlegen. „Das macht doch nichts“, entgegnete Hans freundlich und nahm ihre Hand trotzdem, um sie kräftig zu schütteln. Luise war so verwirrt, dass sie gar nicht mehr aufhörte, Hansens Hand zu schütteln. Erst als Hugo sich räusperte, bemerkte sie die Peinlichkeit und ließ die Hand los. „Ja, unsere Luise, die leitet sozusagen die Landwirtschaft. Das ist für den Vater eine große Entlastung, zumal ich zur Mühlenarbeit nicht tauge und Fritz und Rudolf noch so jung sind!"

„Alle Achtung, Luise", meinte Hans und warf Luise einen bewundernden Blick aus seinen blauen Augen zu. Die junge Frau wurde rot vor Verlegenheit bis über beide Ohren über dieses Lob.

Doch zunächst sollte sich Bertas Leben für immer ändern. Lehrer Bautendistel war versetzt worden, und nun bekam Langenbrücken den Junglehrer Stöhr. Er sah fantastisch aus, groß und stattlich und spielte darüber hinaus mit Hingabe die Orgel. Alle Mädchen aus dem Chor himmelten ihn an, auch Berta. Eines Tages nach der Kirche rief August Stöhr Berta zu sich wegen eines Solos, bei dem er sie begleiten sollte. Und dann fragte er sie, ob sie nicht Lust hätte, bei ihm Klavierunterricht zu nehmen, da sie doch in der Mühle ein Klavier hätten. Berta war außer sich vor Freude. Noch am gleichen Abend bat sie die Eltern um Erlaubnis. Diese hatten nichts dagegen, im Gegenteil. Nach der Klavierstunde fand August immer öfter einen Grund, noch dazubleiben. Bald war klar, dass er ernste Absichten mit Berta hegte. Die Eltern fanden, dass der Junglehrer eine gute Partie für Berta war. Augusts Eltern waren ebenfalls einverstanden. Ihnen gefiel die hübsche Schwiegertochter und noch mehr gefiel ihnen ihre ordentliche Mitgift. Im Mai 1923 heirateten Berta und August in der wunderschön geschmückten Pfarrkirche in Langenbrücken. Der Kirchenchor sang, ein Kollege von August spielte die Orgel und der Pfarrer hielt eine besonders schöne Ansprache. Wenn die älteste Tochter eines so angesehenen Mannes wie der Müllermeister Kramer heiratete, musste man sich schon Mühe geben. Die Gemeinde sang einige schöne Lieder, die sich das Brautpaar gewünscht hatte. Rudolf, mitten im Stimmwechsel, hatte seine klare Sopranstimme eingebüßt, aber noch keine Männerstimme dafür bekommen. Er kiekste und traf keinen Ton, was ihn ziemlich übellaunig machte. Luise sang inbrünstig mit. Erst als Hugo und Rudolf neben ihr anfingen zu husten, um mühsam ein Kichern zu unterdrücken, bemerkte sie, dass sie einmal wieder eine etwas andere Melodie sang als die anderen. Seufzend zwang sie sich dazu, ein wenig leiser zu singen. Berta war eine strahlende Braut wie aus dem Bilderbuch. Luise dachte: Ob ich denn auch einmal eine Braut werde? Vielleicht die von Hans? Aber das dauert ja noch ewig, bis wir einmal heiraten könnten. Bis dahin bin ich schon alt und hässlich und dann will er mich gar nicht mehr.

Aber für ihre geliebte Schwester freute sie sich und wünschte ihr alles Glück der Erde. Nach der Trauung ging es zur Mühle, wo man so gut es in diesen schwierigen Zeiten möglich war, den Hochzeitsschmaus abhielt. Im Hof war eine Kaffeetafel aufgebaut mit duftenden Linzertorten und goldgelb gebackenen Käsekuchen. Zum Abendessen gab es eine Ochsenschwanzsuppe und einen Braten vom eigenen Rind, das ausnahmsweise für die Hochzeit geschlachtet worden waren. Nachdem der Nachtisch, eine feine Eiercreme, gelöffelt war, trafen die Musiker ein und der Tanz begann. Bis weit nach Mitternacht wurde getanzt und gelacht. Augusts Bruder war ein ebensolch lustiger Geschichtenerzähler wie er, und so wurde diese Feier für alle zu einem unvergesslichen Erlebnis.

Als Berta einmal zu Besuch in der Mühle war, schüttete Luise ihrer Schwester ihr Herz über ihre Gefühle für Hans und ihre Bedenken aus. „Aber das ist doch wunderbar!“, rief Berta. „Jetzt, wo ich nicht mehr hier wohne, würdest du dich nicht so einsam fühlen, wenn Hans und du euch befreunden würden.“

„Meinst du denn nicht, dass er zu jung ist für mich? Er ist doch mindestens zwei Jahre jünger als ich“, meinte Luise zweifelnd. Aber Berta redete ihr gut zu und meinte, bei einem intelligenten Burschen wie Hans einer zu sein schien, mache so ein kleiner Altersunterschied doch nichts aus. „Du musst eben Gelegenheiten finden, wie du ihn besser kennenlernen kannst. Dann wirst du es schon merken, ob er der Richtige ist“, schloss Berta das Gespräch ab. Als Luise abends im Bett lag, sann sie über eine Möglichkeit nach, Hans recht bald wiederzusehen. Aber es wollte ihr nichts Passendes einfallen. Und dann ergab sich eine einmalige Gelegenheit, ohne dass sie viel dazu tun musste. In der Unterprima mussten sich die Jungen im Sportunterricht von Zeit zu Zeit sogenannten Turnmärschen unterziehen. Es handelte sich dabei um eine Art Wandertage, an denen in flottem Tempo ein Ziel in der näheren Umgebung angesteuert wurde. Nun bat Hugo eines Tages seine Eltern um die Erlaubnis, die Mühle als Wanderziel vorzuschlagen. Die Eltern hatten nichts dagegen, zumal sich die Mutter immer freute, wenn Besuch kam und sie etwas Neues hörte. Luise merkte, wie ihr Herz schneller schlug und hoffte nur, dass niemand ihre Aufregung bemerkte, als sie einwarf: „Oh ja, das wird bestimmt unterhaltsam. Wir könnten im Hof einen Tisch und Bänke aufstellen und die jungen Leute draußen ein wenig bewirten." Die Mutter schien nichts zu bemerken, stimmte dem Vorschlag zu und begann sofort, die Vorräte durchzusehen. Luise wurden die Tage bis zum Eintreffen der Schulklasse lang. Dann war der ersehnte Tag endlich da.

Schwatzend und lachend trafen die jungen Männer im Hof der Mühle ein, wo schon eine lange Tafel aufgebaut war und frisches Wasser bereitstand. Dazu hatte der Vater sogar zwei Krüge Most spendiert. Luise und ihre Mutter standen nun erwartungsvoll im Hof. „Guten Tag, liebe Familie Kramer", rief der Sportlehrer schon von weitem. „Herrliches Wetter heute, nicht wahr?", fügte er noch hinzu, während er schon neugierig zu der gedeckten Tafel hinüberschielte, wo schon die Getränke bereitstanden. „Guten Tag, liebe Luise", sagte Hans leise und lächelte Luise wieder so freundlich an, dass es ihr ganz warm ums Herz wurde. Hans war ein guter Sportler, schlank und groß gewachsen. „Grüß dich Hans", erwiderte sie und konnte ihre Augen nicht von ihm lassen. „Ja, dann werden wir mal die Butterbrote aus der Küche holen, die wir schon gerichtet haben", meinte die Mutter. Während die beiden Frauen ins Haus gingen, sah die Mutter Luise nachdenklich von der Seite an. „Der Hans ist ein schmucker Bursche, nicht wahr?" Luise antwortete nicht, sondern starrte angestrengt auf ihre Schuhspitzen. Mutter sagte nichts mehr weiter, sondern lächelte in sich hinein. Sehr bald nach diesem Turnmarsch war Hans bei der Familie Kramer ein oft und ebenso gern gesehener Gast. Da er selbst mit zwei Brüdern und drei Schwestern aufgewachsen war, war er familiären

Trubel gewohnt. Er half Rudolf beim Basteln, Fritz bei Holzarbeiten, beispielsweise beim Flicken eines Rechens oder anderer Geräte ebenso selbstverständlich, wie er dem Vater und Fritz bei den Arbeiten in der Mühle zur Hand gehen konnte. Mit Werkzeug ging er sehr geschickt um, nur der Umgang mit den Tieren war ihm als Stadtkind völlig fremd. Er machte stets große Augen, wenn er sah, wie unerschrocken und selbstverständlich Luise mit den Kühen umging. „Sei mir nicht böse, Lulu", meinte er bisweilen, „aber im Kuhstall stinkt es mir zu sehr."

„Soso", gab Luise dann zurück. „Könnte es vielleicht auch sein, dass dir die Kühe nicht ganz geheuer sind? Gibs ruhig zu!" Und dann lachte sie ein wenig und verschwand hinter den Riesenleibern der Tiere. Wenn alle Arbeiten getan waren, gab der Vater Hans die Erlaubnis, dass er mit Luise ein wenig spazieren ging. Manchmal begleitete Luise ihn auch ein Stück auf dem Heimweg, während Hans sein Fahrrad neben ihr herschob. Hans fuhr immer mit dem Rad nach Langenbrücken. Luise beneidete ihn darum ein wenig. Zu gerne hätte sie das Radfahren auch einmal probiert. Aber sie genierte sich, Hans zu fragen. Sicher schickte sich es nicht für eine junge Frau, sich so zur Schau zu stellen. Eines Tages gestand sie Hans dann doch ihren heimlichen Wunsch. Hans blickte sie verständnisvoll an und sagte: „Na ja. Du bräuchtest ein Damenfahrrad ohne Stange in der Mitte. Mit dem hier kannst du nicht fahren. Dazu müsstest du Hosen tragen und dann dein Bein über die Stange schwingen wie eine Zirkusprinzessin!" Luise lachte und entgegnete: „Du hast ja Einfälle! Aber mal im Ernst, gibt es denn so was? Fahrräder nur für Damen?" „Natürlich", entgegnete Hans, „du müsstest öfter mal nach Bruchsal kommen. Dort fahren einige Frauen Fahrrad.“

„Ja, in der Stadt, da gibt’s alles“, meinte Luise nachdenklich. Sie konnte nur hoffen, dass sich Hans nicht doch noch eines schönen Tages in so eine feine Stadtmamsell verlieben würde. Aber Hans dachte gar nicht daran, sich in ein anderes Mädchen zu verlieben. Für ihn war Luise sein ein und alles.

Kapitel 4

Das Radfahren hatte freilich seine zwei Seiten. Bei schönem Wetter war es eine herrliche Sache, so übers Land zu sausen. Aber bald stellte Luise fest, dass Hans bei fast jedem Wetter Rad fuhr, sommers wie winters. Es fehlte ihm für eine Zugfahrkarte schlicht und einfach das Geld. Durch die Kriegskosten sowie hohe Reparationszahlungen an Frankreich war die Staatskasse leer. Also wurde immer mehr Geld gedruckt, mit fatalen Folgen. War die Inflation anfangs noch schleichend, gewann sie immer mehr an Fahrt.

Bald wusste der Vater nicht mehr, wie er seine laufenden Kosten decken sollte. Die Mutter jammerte, dass die Kinder neue Schuhe und einmal etwas Neues zum Anziehen bekommen sollten. Eines Tages im April 1923 war Hans wie gewohnt mit dem Fahrrad zur Mühle gekommen. Es hatte schon leicht geregnet, als er ankam, und im Laufe des Nachmittags war der Regen immer stärker geworden. Die Familie hatte sich wegen des schlechten Wetters schon früher als sonst in der Küche versammelt, da man draußen nicht mehr arbeiten konnte. Die Mutter und Luise trugen bereits das Abendessen auf und luden Hans zum Essen ein. Aber Hans lehnte höflich ab, erhob sich stattdessen und sagte: „Ja, dann will ich mich mal auf den Heimweg machen."

„Aber Hans, es regnet doch in Strömen. Du holst dir den Tod!", rief Luise. „Bitte Vater, kannst du ihm nicht das Geld für die Zugfahrkarte leihen?" Der Vater kratzte sich verlegen am Kopf und antwortete: „Das würde ich ja gerne tun. Aber ich weiß gar nicht, ob mein Bargeld dafür reicht, das ich hier habe." Die Mutter meinte: „Nimm einfach die ganzen Tageseinnahmen mit zum Bahnhof. Das wird hoffentlich reichen." Als nach einer guten halben Stunde ihr Mann mit Luise und Hans unverrichteter Dinge wieder in der Küche stand, erschrak sie. „Hat das Geld nicht gereicht?", fragte sie den Vater. Der schüttelte nur stumm den Kopf. „Ach du liebe Zeit! Wo soll denn das noch enden? Nun ja, da kann man nichts machen. Hans bleibt heute Nacht eben hier. Hugo, mach bei euch in der Bubenkammer für deinen Freund ein Strohlager zurecht. Ich bring euch dann noch ein Laken und eine Decke. Ein Kissen haben wir jetzt nicht, aber für eine Nacht wird es auch so gehen." Hans wollte erst nicht dableiben, weil er befürchtete, dass sich seine Mutter sicher große Sorgen um ihn machen würde. Aber Luise und die Mutter bestanden darauf. „Wenn du dir eine Lungenentzündung holst, muss sich deine Mutter noch viel mehr Sorgen machen", meinten sie.

Ein Jahr später machten Hugo und Hans ihr Abitur. Nun war die große Frage, was diese zwei aufgeweckten Burschen wohl studieren würden. Oft saßen sie mit dem Vater und Fritz zusammen am Küchentisch und überlegten gemeinsam. Hans hatte schon früh seinen Vater verloren und war sehr dankbar für die Gespräche mit dem Vater seines besten Freundes. „Ich würde ja gerne Chemie studieren. Das sei ein Fach mit Zukunft, sagen alle. Da kannst du beim Entwickeln von Medikamenten helfen oder Dünger herstellen", sagte Hans, als sie wieder einmal in der Küche beisammensaßen. „Künstlicher Dünger für die Felder? Das wäre nichts für mich. Ich glaube nicht, dass man Dünger herstellen kann, der besser ist als unser guter alter Mist," pflegte Vater dann zu sagen. „Sei doch nicht altmodisch,

Vater", meinte Fritz dann, „natürlich ist er besser oder mindestens gleich gut. Und viel einfacher anzuwenden, nicht wahr Hans?"

„Ich denke schon. Das sind kleine leichte Körnchen, und man braucht nicht viel davon."

„Und wie kommen die hübschen Körnchen aufs Feld?", wollte der Vater dann wissen. „Mit neuen Maschinen", antwortete Hugo. „Ihr glaubt nicht, was es da jetzt alles gibt!" Hugo wollte gerne Maschinenbau-Ingenieur werden. Das hatte es in der Familie bisher noch nicht gegeben. Der Vater, der stets für die alten Sprachen geschwärmt hatte und sie exzellent beherrschte, hätte Hugo gerne als Arzt, Jurist oder Lehrer gesehen. Aber Hugo brannte für diesen neuen Studienzweig und wollte von den Studienwünschen seines Vaters nichts wissen. „Hans und ich, wir revolutionieren zusammen die Landwirtschaft. Stimmts, Hans?" Der Vater schüttelte schmunzelnd den Kopf, während Fritz und Rudolf, der sich inzwischen auch dazugesetzt hatte, ihm eifrig beipflichteten. Luise war es eigentlich egal, was ihr Hans studieren würde, Hauptsache er konnte in der Nähe bleiben.

Der Herbst kam und Hugo und Hans begannen in Karlsruhe das Studium ihrer Wunschfächer. Das Studium gefiel den beiden, rasch verging das erste Semester. Aber dann kam Hugo immer öfter bedrückt nach Hause. Auch bei Hans hatte Luise das Gefühl, dass er ihr etwas verschwieg. Hans und sie waren jetzt, da der junge Mann kein Schüler mehr war, schon beinahe offiziell ein Paar. Sie wollten sich verloben, sobald auch Hans volljährig geworden war. Eines Tages im Frühling, Hans studierte jetzt schon im zweiten Semester Chemie, hielt Luise es nicht mehr aus. „Hans, was ist los? Du und Hugo, ihr wirkt so bedrückt in letzter Zeit. Was stimmt denn nicht mit euch?", platzte sie heraus, als sie einmal durch den Wald spazierten. „Mit uns stimmt alles, Lulu, aber mit unserem Studienfach nicht", antwortete Hans. „Aber du kommst doch gut mit, sagst du immer. Ist es dir doch zu schwierig?", rief Luise. „Nein, nein, das ist nicht das Problem. Was Hugo und mir zu schaffen macht ist die Tatsache, dass die Berufsaussichten für Chemiker und Ingenieure doch nicht so gut sind, wie das immer behauptet wird. Klar geht es mit unserer Wirtschaft jetzt langsam bergauf. Aber eben nur langsam."

„Und das bedeutet, dass es nicht so viele Fabriken gibt, die all die Chemiker und Maschinenbauer einstellen können, richtig?", ergänzte Luise. „So ist es", nickte Hans. „Und was willst du jetzt tun?", fragte Luise. „Hugo und ich überlegen, Forstwirtschaft zu studieren."

„Forstwirtschaft? Du?", gab Luise verdutzt zurück. „Da bist du ja bei jedem Wetter im Freien! Willst du das wirklich? Und wenn du ein Reh schießen und danach ausnehmen sollst, ekelt es dich. Und wenn eine Wildsau kommt, rennst du davon!" Luise hatte sich so in Fahrt geredet, dass sie ganz rote Wangen bekommen hatte. „Na, du hast ja eine schöne Meinung von mir!", empörte sich Hans halb verärgert, halb belustigt. „Außerdem habe ich im Umgang mit Tieren schon viel von dir gelernt. Vor euren Kühen habe ich schon gar keine Scheu mehr. Aber dir muss man mal dringend dein Lästermaul stopfen", rief er lachend und das tat er dann auch lange und gründlich.

Wie Hans hatte sich auch Hugo schweren Herzens entschlossen, sein Maschinenbaustudium an den Nagel zu hängen. Für das Forststudium musste man zwar eine Aufnahmeprüfung machen, die nicht ganz einfach war. Allen, die diese Prüfung bestanden, garantierte der Staat jedoch eine Übernahme nach dem Studium, was einem jungen Menschen natürlich viel an Sicherheit gab. Gerade für Hans, der von zu Hause nicht gerade auf Rosen gebettet war, stellte diese Garantie einen entscheidenden Pluspunkt dar. Für Luise hatte die Sache nur einen Haken. Hans würde zum Studium nach Freiburg wechseln müssen. Auch wenn sie den Sinn dieses Planes einsah, war sie doch furchtbar traurig darüber. Vier lange Jahre würde sie Hans nur alle paar Monate sehen und sich sonst mit Briefwechseln trösten müssen. Hans versuchte sie aufzumuntern. „Schau mal, dafür wirst du jeden Tag den schönsten Brief von mir bekommen, den du dir vorstellen kannst."

„Jeden Tag ein Brief? Dafür wirst du wohl kaum Zeit haben. Und Geld für das viele Porto hast du auch nicht", meinte Luise pragmatisch, wie sie nun einmal war. „Ach Lulu, sei doch nicht immer so schrecklich praktisch", rief Hans. „Das wird schon alles gehen!"

So zogen Hans und Hugo nach Freiburg in eine Studentenbude ohne fließendes Wasser und mit einer Toilette im Treppenhaus. Ein bisschen neidisch war Luise trotzdem, weil die beiden jetzt mal etwas anderes von der Welt sahen, während sie zu Hause in der Mühle weiterhin arbeitete, jeden Tag mit den gleichen Abläufen im Wechsel der Jahreszeiten.

Kapitel 5

Fritz hatte zum Ende des Krieges die Volksschule beendet. Anschließend hatte er seine Müllerlehre absolviert, und arbeitete nun als ausgebildeter Müller in der Mühle. Er war es auch, der an einem klirrend kalten Wintermorgen im Januar als erster bemerkte, dass der Bach zugefroren war und das Mühlrad feststeckte. Der Vater sagte, dass er es nicht gesehen habe, weil es so dämmrig in dem Verschlag sei. Die Mutter runzelte verwundert die Stirn, denn die Sonne war schon längst aufgegangen, sagte aber nicht viel dazu. Aufgeregt rannten alle nach draußen, um das Außergewöhnliche zu sehen. „Wenn das Mühlrad eingefroren ist, drückt das Eis gegen die Speichen und schlägt sie kaputt“, bemerkte der Vater. Und so mussten Alfred und Fritz mit einer Axt in der Hand in den großen Schacht klettern, um das Eis von dem Mühlrad wegzuschlagen. Der Vater hielt mit Hugo die Leiter fest, die auf dem Eis wegzurutschen drohte. Die anderen standen oben und sahen zu. Auch Mutter und Barbara waren dageblieben. „Fritz, pass bloß auf“, rief Rudolf aufgeregt und trippelte nervös auf der Stelle „Wenn du mich in Ruhe arbeiten lässt, wird’s schon gehen“, entgegnete er, ganz der große Bruder. In diesem Augenblick war Luise froh, ein Mädchen zu sein, denn vor dem tiefen Schacht fürchtete sie sich. Oft genug hatten die Eltern sie und ihre Geschwister ermahnt, ja vom Mühlrad und dem tiefen Schacht wegzubleiben. Die Aufgabe, die Alfred und Fritz nun vor sich hatten, war hart und nicht ungefährlich. Wenn das Mühlrad vom Eis los war und sich zu drehen begann, mussten die beiden schleunigst aus dem Schacht herausklettern, sonst würden sie womöglich von dem Rad zermahlen. Alfred und Fritz arbeiteten verbissen und begannen trotz der Kälte zu schwitzen. Da endlich löste sich das Eis mit einem lauten Knacken und stöhnend begann sich das Rad wieder langsam zu drehen. „Raus mit euch, schnell!“, rief der Vater. So schnell es ging, kletterten die beiden jungen Männer nach oben. Alle waren riesig erleichtert und klopften den beiden der Reihe nach auf die Schulter. Auch Mutter lachte und lobte die beiden. Die Familie war mächtig stolz auf die beiden, vor allem aber auf Fritz, der die nächsten Tage wie ein Gockel durch die Gegend stolzierte, bis Rudolf, der ein Jahr zuvor die Volksschule beendet hatte, schimpfte: „Jetzt bilde dir bloß nicht zu viel ein. Ich hätte das genauso gut gekonnt!“

„Was gibt das? Zwergenaufstand oder was?“, gab Fritz sofort zurück. „Streitet euch nicht, ihr beiden“, vermittelte der Vater, wer weiß, vielleicht arbeitet ihr beide eines Tages einmal in der Mühle“.

„Wie meinst du das?“, fragte Fritz. Rudolf muffelte: „Du bist doch noch nicht alt. Das dauert sowieso noch Jahre. Außerdem bin ich dann Schreiner und kein Müller“ Die Mutter sah den Vater an, aber der sagte nichts mehr und murmelte etwas von „Kühe füttern“ und verschwand zum Stall. Irgendetwas stimmte nicht mit den Augen ihres Mannes. Es war ihr schon einige Male aufgefallen, dass er sich häufig die Augen und das Gesicht rieb, so als strenge ihn das Lesen und Erkennen von kleineren Gegenständen sehr an. Sie hatte ihn darauf angesprochen, aber er hatte nur gemeint: „Nein, nein Ida, mit mir ist alles in Ordnung.“

„Rudolf, ich sehe doch, dass etwas nicht stimmt. Geh nach Bruchsal zum Augenarzt. Dann wissen wir mehr“, beharrte die Mutter. Der Vater gab nach und fuhr ein paar

Tage später in die Stadt. Nach einer Woche fuhr er wieder hin und kam mit einer Brille zurück. Die Kinder hatten noch nie zuvor eine Brille gesehen außer Hugo, der sagte: „Mit der Brille siehst du gar nicht mehr wie ein Müller aus, eher wie einer von unseren Lehrern." Der Vater lachte und meinte: „Vielleicht nützt sie mir ja nicht nur beim Gucken und ich werde noch ein bisschen gescheiter." Dass der Augenarzt gesagt hatte, dass seine Linsen eingetrübt seien und dass ihm da die Brille nicht viel helfen würde, verschwieg er seinen Kindern. Der Arzt hatte ihm gesagt, dass es wahrscheinlich sei, dass er in ein paar Jahren blind sein würde. Der Gedanke daran war ihm so unerträglich, dass er es nur der Mutter erzählt hatte. Den Kindern wollten sie es erst einmal nicht sagen.

Die Jahre gingen ins Land, und die Menschen im Dorf und in der Mühle taten ihre Arbeit im Wechsel der Jahreszeiten, so wie sie es immer getan hatten. Aber man sah jetzt auf den Bauernhöfen zunehmend Maschinen, die die Arbeit erleichterten. Elektrizität war nun in jedem Haushalt eingezogen. Die Petroleumlampen hatten endgültig ausgedient. Die Dieselmotoren zum Antreiben der Landmaschinen wurden immer größer und leistungsfähiger. Aber das Zauberwort bei der Mühlentechnik hieß Stromantrieb. Immer wieder hatten Fritz und Rudolf den Vater bearbeitet, einer Modernisierung der Mühle zuzustimmen. Rudolf hatte seine Schreinerlehre absolviert, fand aber keine rechte Freude an dem Beruf. Er wollte nun ebenfalls eine Müller-Lehre machen, denn Fritz war doch sein großes Vorbild, auch wenn er das nicht zugegeben hätte.

Am Abend, als die Familie in der Küche saß, sagte Fritz: „Hör mal Vater, drüben in Amerika haben die jetzt elektrisch betriebene Mühlen. Die bringen ein Vielfaches an Leistung wie unser12 PS Dieselmotor-Antrieb hier. Wenn wir auch so was hätten, könnten wir viel mehr Getreide mahlen!"

„Stell dir das mal vor! Was für eine famose Sache!", pflichtete Rudolf ihm bei. „Aber wozu sollen wir denn so viel Getreide mahlen? Die Bauern liefern doch nicht mehr ab, als sie können? Schlagt euch das aus dem Kopf!", meinte der Vater. Aber Rudolf ließ sich nicht beirren. „Die Bauern haben natürlich nicht mehr Getreide, das stimmt schon. Aber was wäre, wenn wir Getreide einkauften und das Mehl wieder verkauften? In Mannheim gibt es jetzt eine Getreidebörse, wo man diese Geschäfte tätigen kann. Und unsere Mühle würde zusätzlich zur Lohnmühle noch eine Handelsmühle. Aber dazu müssten wir die Mühle wirklich grundlegend modernisieren, Antrieb, Walzwerke, Gebläse, einfach alles!" Auch Hugo und Luise waren jetzt hellwach. „Ja, Vater, das könnte ein guter Plan sein. Man muss doch mit der Zeit gehen", meinte Luise. „Sieh mal an, die Luise! Und ich dachte schon, auf deinem Hals sitzt der Kopf einer Kuh", stichelte Fritz, wofür er prompt einen festen Tritt ans Schienbein bekam. „Ja, und ich kann auch treten wie eine Kuh", gab Luise grinsend zurück.

„Kinder, was macht ihr denn? Mon Dieu!", stöhnte die Mutter. Aber das ging im schallenden Gelächter der anderen unter.

Eines Tages im Sommer 1926 saß die Familie beim Abendessen. Da räusperte sich der Vater und begann zu reden: „Kinder, ich muss euch etwas sagen. Ich war heute nochmal beim Augenarzt" Er holte tief Luft, bevor er fortfuhr: „Ich habe eine Krankheit, die sich Star nennt. Sie ist nicht heilbar, es gibt keine Medikamente dafür und man kann auch nichts operieren."

„Brauchst du dann eine neue Brille?", fragte Luise, obwohl sie schon ahnte, dass es mit einer Brille nicht getan wäre, wenn sie den verzweifelten Gesichtsausdruck ihres Vaters sah. „Nein", entgegnete er, „ich werde vermutlich bis in einem Jahr blind sein." Das also war es! Seit längerem schon hatte Luise beobachtet, wie sich der Vater immer häufiger die Augen rieb und über Kopfschmerzen klagte. Wenn sie aber die Eltern darauf angesprochen hatte, hatte sie stets eine ausweichende Antwort bekommen. Also hatte es die Mutter wohl auch schon länger gewusst. Die Geschwister sahen sich stumm an, gelähmt vor Entsetzen. Keiner wusste etwas Rechtes darauf zu sagen. Ein blinder Müller war eine Katastrophe, da gab es nichts zu beschönigen. Nach einer Weile sah der Vater seine Kinder der Reihe nach an und sagte: „Ich habe mich entschieden, der Mutter die Mühle zu überschreiben. Sobald Rudolf seine Müllerlehre beendet hat, arbeiten Fritz und Rudolf gleichberechtigt als Müller. Luise, du leitest die Landwirtschaft ab heute offiziell, so wie du es eigentlich schon die ganze Zeit tust. Berta ist mit ihrem August gut versorgt. Hugo hat sein Studium und ist ebenfalls versorgt. „Danke Vater", rief Fritz, der seine Sprache als erster wiederfand. „Rudolf und ich werden alles für die Mühle tun! Du kannst dich auf uns verlassen, nicht wahr, Rudolf?"

„Natürlich! Und wir können dich ja immer um Rat fragen, Vater", erwiderte der. Da lachte der Vater erleichtert und meinte: „Ida, wir haben gute und tüchtige Kinder, auf die wir stolz sein können. Mit mir mag es nun gehen, wie es will. Den Umbau der Mühle werden wir so bald wie möglich in Angriff nehmen. Da gilt es jetzt keine Zeit mehr zu verlieren." Und so geschah es. Es folgten etliche Monate Bauzeit. Das Hämmern, Sägen und Bohren war bald nicht mehr auszuhalten und zerrte an den Nerven der ganzen Familie. Mutter schrie, die Kopfschmerzen würden sie noch umbringen. Hugo, der in seinen Semesterferien zu Hause war, schrie, er könne sich keine Minute mehr auf seine Studienarbeiten konzentrieren. Fritz schrie vor Ungeduld, weil der Umbau für seinen Geschmack viel zu langsam voran ging. Nur der Vater schrie nicht, einfach, weil es nicht seine Art war.

Luise schrie auch nicht, sie war müde. Jeden Tag schrieb sie ihrem Hans einen Brief. Sie vermisste ihn so sehr. Ihr Leben in der Mühle, das sie stets so geliebt hatte, erschien ihr mit einem Mal so leer und sinnlos, als würde sie sich nur im Kreis drehen. Die meisten ihrer Freundinnen und Klassenkameradinnen waren längst verheiratet oder hatten sogar schon Kinder. Auch Berta war Mutter von zwei entzückenden kleinen Jungen geworden. So sehr sie ihrer Schwester ihr Glück gönnte, so mutlos machte sie manchmal die Warterei, bis Hans sein endloses Studium hinter sich gebracht haben würde. Vorher war an Heiraten nicht zu denken. Doch Luise war nicht der Typ, der herumsaß und Trübsal blies, außerdem lenkte sie die Arbeit ab. So stürzte sie sich in die täglichen Pflichten und machte sich beim Umbau nützlich, wo sie konnte. Ab und zu schaute sie den Handwerkern über die Schulter, bevor es an die Beschaffung von Material oder ans Aufräumen ging. Rudolf war endlich in seinem Element und schuftete mit den Handwerkern um die Wette, ganz beflügelt von der Aussicht, die Mühle zur modernsten in der ganzen Gegend zu machen.

Kapitel 6

Nach dem Umbau der Mühle wurde es ruhiger. Rudolf hatte die Müllerlehre abgeschlossen und werkelte den ganzen Tag mit Fritz und Alfred in der Mühle herum. Der Vater war den beiden kaum noch eine Hilfe. Seine Augenerkrankung hatte inzwischen zur fast vollständigen Erblindung geführt. Er hatte der Mutter inzwischen die Mühle überschrieben und für Fritz und Rudolf eine Regelung getroffen. Es tat Luise weh, wenn sie ihren einst so stolzen und unabhängigen Vater sehen musste, wie er sich nicht mehr allein anziehen konnte, nur mit Hilfe eines Stockes durch das Wohnhaus gehen konnte und beim Essen manchmal daneben kleckerte wie ein kleines Kind, das nicht achtgibt. Die Mutter bemühte sich, geduldig mit ihm zu sein und nicht zu schimpfen, aber Luise sah, wie das Gesicht der Mutter sich oft verhärtete und sie den Mund zusammenkniff. Sie hätte der Mutter dann gerne etwas Tröstliches gesagt. Da ihr aber nichts wirklich Passendes einfiel, ließ sie es bleiben. Ein blinder Müller war und blieb eine Katastrophe. Das einzige Glück war, dass Fritz dank seiner Tüchtigkeit schon die Meisterprüfung abgelegt hatte. Er setzte sich bei den Bauern und Händlern trotz seiner jungen Jahre durch und traf seine Entscheidungen wohlüberlegt. So war es nicht verwunderlich, dass er bereits ans Heiraten dachte. Maria hieß seine Auserwählte und war die Tochter eines Kohlenhändlers, der nebenbei eine kleine Landwirtschaft betrieb. Somit kannte sie sich sowohl in der Landwirtschaft und als auch mit dem Handel aus, was Fritz sehr vorteilhaft erschien. Sie hatte dichtes schwarzes Haar, was ihrem Äußeren beinahe etwas Exotisches verlieh. Luise und Maria kannten sich aus der Schulzeit und trafen sich ab und zu, um ein wenig zu plaudern oder spazieren zu gehen. Für Luise war das oft die einzige Abwechslung in ihrem Alltag. Wirklich entfliehen konnte sie ihrer Welt nur, wenn sie Hans einen Brief schrieb oder einen von ihm las. Er hatte sein Versprechen wahr gemacht und schrieb von Ausnahmen abgesehen tatsächlich jeden Tag. Er beschrieb die Stadt mit ihren Menschen und Fahrzeugen und auch die Professoren und Kommilitonen so genau, so dass sich Luise alles genau vorstellen konnte. Wie gerne wäre sie einmal selbst nach Freiburg gefahren, um alles mit eigenen Augen zu sehen. Auch der Schwarzwald musste wunderschön sein mit seinen saftig grünen Wiesen und seinen dunklen Tannenwäldern, den Tälern und Bergen. Begeistert schilderte Hans ihr zahlreiche Wanderungen, die er mit Freunden dort unternahm. Er hatte seine Liebe zum Wald entdeckt mit allen Tieren und Pflanzen darin. Der Wald hinter der Mühle war flach und die Wege zogen sich schnurgerade im rechten Winkel angelegt durch. Der Schwarzwald war bestimmt um Vieles schöner anzusehen.

Immer öfter wurde Luise von Fernweh gepackt. Immer öder und langweiliger erschien ihr das Leben in der Mühle. Dann eröffnete ihr Hans, dass er plane, zu einem Auslandssemester nach Wien zu gehen. Luise war der Gedanke daran fast unerträglich. Noch weiter weg würde Hans von ihr sein, ganz unmöglich wäre es für ihn zwischendurch einmal heimzufahren. Außerdem befürchtete sie, dass Hans vielleicht doch eines Tages das Interesse an ihr verlieren könnte. Er kam so viel herum, lernte Städte, Landschaften und neue Menschen kennen, während sie auf der Mühle festsaß. Getreulich schrieb Hans weiterhin Postkarten und Briefe, in denen er seine Erlebnisse schilderte. Luise las sie mit gemischten Gefühlen. Sie wusste Hans kaum etwas zu antworten, da sich ihre Tage mehr oder weniger glichen. Lediglich durch den Wechsel der Jahreszeiten unterschieden sich manche Arbeiten. So schrieb Luise meistens von ihrer Familie, ab und zu auch von den Tieren und hoffte, sie würde Hans damit nicht langweilen. Im Sommer 1927 war es dann so weit: Hans und Hugo begannen ihr Semester in Wien. Zum Studieren kamen die beiden dort nicht so viel. Dafür unternahmen sie um so mehr und erkundeten Wien und die Umgebung in vielen Ausflügen. Getreulich berichtete Hans Luise davon in zahllosen Briefen und Postkarten. Einmal schilderte er in leuchtenden Farben eine Fahrt. Die Postkarte endete mit dem Satz: „Hugo weigert sich, mehr als seinen Namen zu schreiben, weil er nichts erlebt hat." Luise musste lachen, als sie das las. Gleichzeitig beschlich sie ein ungutes Gefühl. Wenn nun Hans dasselbe von ihr dachte?

Fritz und Maria hatten inzwischen ihre Verlobung bekannt gegeben und ein Jahr darauf heirateten die beiden. Die Mühle brachte gute Erträge, so dass das Festessen üppiger ausfiel als bei Bertas Hochzeit. Maria und Luise kamen zwar gut miteinander aus, aber bald merkte Luise, dass Maria als die neue Müllerin ihren Platz suchte und auch beanspruchte. Wie Fritz es gehofft hatte, erwies sich Maria als fleißig und geschickt bei allen Aufgaben, die an sie herangetragen wurden. Mehr und mehr kam sich Luise wie das fünfte Rad am Wagen vor, zumal sich bei ihrer Schwägerin bereits das erste Kind ankündigte. Bei ihren Eltern wollte sie nicht klagen, die hatten genug eigene Sorgen. Aber Hans vertraute sie ihren Kummer an. Das Semester in Wien war vorüber, und Hugo und er waren wieder in Freiburg. Hans war es auch, der ihr eines Tages schrieb: „Meine liebe Lulu, ich habe mir überlegt, wie man hier Abhilfe schaffen kann. Es hilft nichts, du musst einmal von zu Hause weg. Dann sollen sie mal sehen, wie sie ohne dich zurechtkommen. Das werden sie bald sowieso müssen. Denn ich habe vor, in meinem nächsten Heimatbesuch deinen Vater um deine Hand zu bitten. Was sagst du jetzt? Als zukünftige Frau Forstassessor solltest du doch einmal einen Stadthaushalt kennenlernen, meinst du nicht auch? Wie wäre es denn nun, wenn diese Stadt rein zufällig Freiburg hieße?“

Kapitel 7

Einige Tage ging Luise mit dem Vorschlag von Hans im Kopf umher, ohne mit jemandem darüber zu sprechen. Nach Freiburg zu gehen hieße, alles verlassen, was von klein auf ihr Leben gewesen war: Die Eltern und Geschwister, die Tiere und vor allem die Mühle, ihre Heimat, ihr sicherer Hafen. Nur, wenn sie es ehrlich betrachtete, war sie hier nicht mehr unentbehrlich. Maria und die Mutter besorgten den Haushalt und den Garten. Der Viehbestand war reduziert worden, da Fritz und Rudolf mittlerweile ausschließlich in der Mühle arbeiteten. Blieb für Luise neben der Versorgung der wenigen Kühe und Hühner noch die Arbeit im Wengert und zur Erntezeit auf dem Feld. Der Vater war inzwischen völlig erblindet und konnte in der Mühle nicht mehr arbeiten. Hasso, ein als Blindenhund ausgebildeter Schäferhund, leistete ihm nun Gesellschaft und brachte ihn überall hin. Mit Hassos achtsamer Begleitung wagte er sogar Spaziergänge in die Nachbardörfer, wo er bisweilen im Wirtshaus einen Most trinken konnte, bevor er sich wieder auf den Heimweg machte. Zudem hatte er vom Pfarrer einen Lateinschüler bekommen, der sich auf den Priesterberuf vorbereitete. Das vertrieb zumindest die schlimmste Langeweile, die ihm doch von Zeit zu Zeit zu schaffen machte.

So fasste sich Luise nach einigen Tagen ein Herz und bat die Eltern und die Brüder, nach dem Abendessen noch einen Moment dazubleiben. Sie holte tief Luft und wollte ihre Rede beginnen, die sie sich zurechtgelegt hatte. Aber dann sprudelte es aus ihr heraus: „Hans hat mir geschrieben. Ich hätte die Möglichkeit, in einem Stadthaushalt in

Freiburg als Hausangestellte zu arbeiten. Wenn ich das mache, falle ich hier für die Landwirtschaft aus und ihr müsst jemanden suchen. Das wird bestimmt nicht leicht. Aber ich würde es trotzdem gerne machen!“ Fritz und Rudolf sahen sich verdutzt an: Ihre Schwester Luise, die sie sich nirgendwo anders als hier in der Mühle vorstellen konnten, wollte weggehen, noch dazu in die Stadt! Da ergriff der Vater das Wort: „Luise, über kurz oder lang heiratest du und wirst dann sowieso weg sein. Ich denke, es ist ein guter Plan, den Hans und du da gefasst habt.“ Die Mutter seufzte nur, nahm dann Luises Hand und meinte: „Ach, mein Mädel, jetzt gehst du also auch. Aber es muss ja so sein!“

Rudolf jammerte ein bisschen, dass sie nun jemanden einstellen müssten und was das kosten würde. Fritz beschwichtigte ihn und sagte: „Ohne Luise wären wir mit der Landwirtschaft schon längst am Ende. Wir verkleinern sie, so dass Maria und die Mutter das mitmachen können. Drei Kühe für die Milch und die Hühner. Das muss reichen.“ Rudolf war das im Grunde nur recht, da er sich nie für die Landwirtschaft interessiert hatte. Er hatte ganz andere Pläne. Ihm träumte davon, den Mehlhandel groß aufzuziehen. Sogar ein Auto wollte er dafür kaufen, wo doch in Langenbrücken nur der Arzt und der Direktor der Möbelfabrik eines hatten. Nun sah er die Zeit gekommen, seinen Traum wahrzumachen.

Also schrieb Luise ihrem Hans und bat ihn, eine Stellung für sie zu suchen. Nur zwei Wochen darauf schrieb Hans zurück: „Liebe Luise, es wird ernst (ha ha)! Ich habe eine Stelle für dich gefunden. Die Witwe eines ehemaligen Professors ist gesundheitlich angeschlagen und kann eine tüch-

tige Hilfe gebrauchen. Hier schreibe ich dir die Adresse auf:
Frau Professor Rösle
Austraße 20
Freiburg im Breisgau

P.S. Die Frau heißt wirklich so, das ist kein Witz. Ich würde zu gern dein Gesicht sehen, wenn du das liest.

Dein Hans

Tatsächlich hatte Luise schmunzeln müssen, als sie den Namen der Frau las. Sie stellte sich eine kleine zierliche Frau mit rosigen Wangen vor. Dann begann sie mit dem Brief an Frau Rösle. Ein bisschen zitterten ihre Hände dabei, denn dieser Brief würde ihr Leben völlig verändern. Die Frau antwortete nicht selbst, sondern ihre Tochter. Sie schrieb sehr liebenswürdig und meinte, ihre Mutter würde sich sehr auf sie freuen. Ein bisschen merkwürdig fand Luise es schon, dass Frau Rösle nicht selbst geschrieben hatte. Als sie sich kurz darauf mit Berta einmal traf, meinte sie: „Wie kann sie sich denn so sehr auf mich freuen? Sie kennt mich doch gar nicht. Außerdem hätte sie ruhig selbst antworten können, findest du nicht?“

„Ja, schon“, meinte Berta. Dann setzte sie eine hochmütige Miene auf und meinte in einem affektierten Tonfall: „Meine liebe Luise, merken Sie sich das, für so etwas bin ich zu foin.“ Dann lachten die beiden Schwestern, als wären sie noch zwei junge Mädchen und Luise beschloss, sich erst einmal nicht mehr darüber zu sorgen.

Am letzten Augusttag 1928 stand sie nun mit zwei großen

Koffern und einem Korb mit Proviant in Langenbrücken am Bahnsteig. Den hatte die Mutter ihr gepackt und gesagt: „Damit machst du schon gleich einen guten Eindruck, wenn du hinkommst. Außerdem sollen sie ruhig merken, dass wir keine armen Schlucker sind.“ Ansonsten wurde nicht mehr viel gesprochen. Luise verspürte Trauer und Vorfreude zugleich. Der Abschied von der Familie und der Mühle machten ihr das Herz so schwer, als läge ein Mühlstein darin. Dennoch freute sie sich auf diesen neuen Lebensabschnitt und die vielen Dinge, die sie in der Stadt sehen und erleben würde. Sie war froh, als der Zug endlich schnaufend und stampfend einfuhr und mit quietschenden Rädern zum Stehen kam. Fritz und Rudolf trugen ihr die Koffer noch bis ins Abteil, dann mussten sie schnell wieder aussteigen. Der Vater gab Luise einen Kuss auf die Stirn und auch die Mutter umarmte Luise einmal kräftig und gab ihr einen Kuss. Die Brüder beschränkten sich auf ein Schulterklopfen. Rudolf meinte noch: „Ich küsse dich aber nicht“, was Luise trotz ihres Abschiedsschmerzes schmunzeln ließ. Im Abteil stieß sie das Fenster auf, da fuhr der Zug auch schon an. Ein kurzes Winken, dann verschwand ihre Familie in der Ferne. Luise war in ihrem Leben erst einige Male Zug gefahren. Weiter als bis Bruchsal zu Hans´ Familie oder auch einmal zum Einkaufen, etwa wenn sie Stoff für ein neues Kleid oder einen Mantel kaufen wollte, war sie dabei noch nicht gekommen. Einmal war sie mit Hans nach Heidelberg gefahren. Dort waren sie zum Schloss hochgewandert und hatten die wunderschöne Altstadt besichtigt. Diesen Ausflug hatte Hans ihr geschenkt, bevor er nach Freiburg gegangen war.

Luise lehnte sich auf der schmalen Holzbank zurück und

schaute zum Fenster hinaus auf Wiesen, Felder und einzelne Baumgruppen. Die Landschaft und die Dörfer waren ihr zunächst noch vertraut. Hinter Bruchsal, wo sie in den Schnellzug umsteigen musste, wurden ihr die Namen immer fremder. Hinter Karlsruhe begann das Land allmählich anzusteigen. Hügel mit abgeernteten Feldern gingen allmählich in die höheren bewaldeten Berge des Schwarzwaldes über. Gegen Mittag bekam Luise Hunger und holte ihren Korb hervor. Die Mutter hatte ihr allerhand Leckereien eingepackt: Brot, Käse, Räucherwurst, dazu ein paar frisch eingelegte Gurken von diesem Sommer, ein Fläschchen Most und frische Zwetschgen. Luise schnupperte erst an all den guten Sachen. Das roch so appetitlich und vertraut! Für einen Moment wurde ihr doch wieder etwas schwer ums Herz, aber dann dachte sie an Hans und die schöne Stadt und freute sich auch wieder. Herzhaft biss sie in eine Wurst und gab sich ganz den Gedanken hin, was sie mit Hans in Freiburg alles erleben würde.

Einige Stunden später fuhr der Zug in Freiburg an. Am Bahnsteig wuselten und riefen Unmengen von Menschen durcheinander, so dass Luise ganz schwindelig wurde. Da endlich konnte sie Hans und Hugo in der Menschenmenge sehen. Da sie das viele Gepäck hatte, blieb sie stehen und wartete voller Ungeduld, bis die beiden sie erreicht hatten. Endlich, endlich stand Hans mit strahlendem Gesicht vor ihr und nahm sie ganz fest in die Arme. „Luise! Endlich bist du da! Ich freu mich so!“, rief er. „Ich mich auch!“, erwiderte sie selig. Dann begrüßte sie Hugo: „Hugo! Gut siehst du aus! Das Forststudium bekommt dir!“ Braungebrannt und kräftig standen die Freunde vor ihr. „Komm, wir gehen gleich zu Frau Rösle, damit du dich etwas frisch machen kannst. Wenn du magst, gehen wir zum Abendessen noch in die Stadt", meinte Hans und schnappte sich einen der beiden Koffer. „Zum Abendessen in die Stadt", wie vornehm das klang, staunte Luise, die noch kaum je woanders als zu Hause Abend gegessen hatte. Hugo nahm den anderen Koffer und gemeinsam verließen sie den Bahnhof. Draußen hievten sie das Gepäck auf die Fahrräder von Hans und Hugo. Aber das ging nicht besonders gut. Alle paar Meter rutschte einer der Koffer vom Fahrrad. Die jungen Leute ließen sich davon nicht die Laune verderben und brachen jedes Mal wieder darüber in Lachen aus. Schließlich fragte Luise: „Ist es noch weit bis zur Wohnung? So kommen wir jedenfalls heute nicht mehr dahin. Wir machen das anders. Wir lassen Hugos Fahrrad da drüben stehen. Hugo und ich tragen abwechselnd den einen Koffer. Du lässt den zweiten Koffer bei dir auf dem Rad und wir halten ihn abwechselnd fest." Hans sah Luise bewundernd an. Wie sie so praktisch und energisch die Dinge anging! Das gefiel ihm so an ihr. „Meine Luise wieder!", rief er. „Man muss halt so machen, wie´s geht und nicht, wie´s nicht geht", antwortete sie.

Nach einer halben Stunde standen sie dann vor dem hohen Mietshaus aus der Gründerzeit des vorigen Jahrhunderts, wo Frau Rösle die erste Etage bewohnte. Hans drückte die Klingel und wenig später öffnete ihnen ein Dienstmädchen, deren Kleid und Schürze aussahen, als würden sie ebenfalls aus der Gründerzeit stammen. „Ah, guten Tag, Frl. Kramer. Willkommen in Freiburg! Ich bin das Käthele", rief sie und streckte ihr die Hand entgegen. Luise erwiderte den Händedruck: „Freut mich! Sagen Sie doch Luise zu mir."

„Oh, da kann eine aber anfassen!“, lachte das Dienstmädchen. „Na, dann kommt mal rein. Luise, Sie können mir dann später mit dem Abendessen helfen“ Luise fühlte sich ein wenig überrumpelt damit, dass sie noch am selben Abend mit der Arbeit beginnen sollte. So würde also aus dem Ausflug in die Stadt nichts mehr werden. Sie betraten den Flur, der mit hübschen Fliesen ausgelegt war. Die Wohnung lag im ersten Stock. An der Wohnungstür verabschiedeten sich Hans und Hugo und mit einem Mal wurde Luise recht mulmig zu Mute. Hans gab ihr einen Kuss auf die Wange und raunte ihr „Viel Glück“, zu. Hugo schenkte ihr noch ein aufmunterndes Lächeln. Dann gingen die beiden. „Nur herein in die gute Stube“, rief das Käthele fröhlich. Mit ihr wäre Luise bestimmt gut ausgekommen, aber die junge Frau hatte eine neue Stelle in Aussicht und würde nur noch wenige Tage da sein, um Luise einzuarbeiten. Dann betraten sie die Wohnung. Links befand sich eine große Garderobe aus Eichenholz. So etwas gab es in der Mühle nicht. Da hängte man Jacken und Mäntel an Haken an der Wand im Flur. Rechts ging es dann in die Küche. Zumindest diese ähnelte doch der Mühlenküche, mit einem großen gusseisernen Herd, einem Spülstein und einem Tisch mit drei Stühlen daran. Geradeaus ging es ins Speisezimmer und in den Salon. Die Möbel im Speisezimmer bestanden aus einem Kirschholztisch und sechs zierlichen Stühlen darum herum sowie einem passenden Büffet. Staunend betrachtete Luise die erlesene Einrichtung. In der Mühle aßen sie inzwischen meist in der Küche, wo sich im Grunde auch das ganze übrige Familienleben abspielte. Ins Wohnzimmer ging man eigentlich nur zu den Feiertagen oder an Geburtstagen. Dann führte Käthele Luise in den

Salon. Ein riesiger Bücherschrank nahm die ganze Breitseite des Raumes ein. Ein Sofa mit einem rosa Samtbezug stand neben einem kleinen Tischchen in der Mitte des Raums. Frau Rösle saß in einem Ohrensessel in der Ecke des Salons. Luise bemühte sich, ihre Überraschung nicht zu zeigen, als sie ihre künftige Arbeitgeberin sah. Sie war wohl eher eine Rose als ein Rösle, wenn auch eine ziemlich ramponierte. Sie mochte wohl fast so groß sein wie Hans, wog aber bestimmt um die Hälfte mehr als ihr Verlobter. Die Frau machte keine Anstalten aufzustehen und schaute Luise lediglich verwirrt an. „Gnädige Frau, das hier ist Frl. Kramer, unser neues Hausmädchen. Sie ist eben angekommen." „Wer ist das?", fragte sie mit brüchiger Stimme. „Ich bin Luise Kramer, ihr neues Hausmädchen. Guten Tag, Frau Professor", rief Luise so laut sie konnte und streckte Frau Rösle die Hand hin. „Guten Tag", erwiderte die alte Dame, machte jedoch keine Anstalten, Luises Hand zu nehmen, was Luise etwas unhöflich fand. „Ja, dann lassen Sie sich mal Ihre Kammer zeigen. Danach können Sie das Abendessen zubereiten und servieren." „Jawohl", antwortete Luise, die sich über diese schroffe Begrüßung ärgerte. „Das heißt, jawohl, gnädige Frau", tönte es aus dem Sessel. Luise schnappte empört nach Luft. Sie war zum Arbeiten hier, das war ihr bewusst. Aber deshalb musste man sie nicht derart herablassend behandeln. Zu Hause wäre keinem eingefallen, mit der Magd oder den Mühlenhelfern so zu sprechen. Wenn das der Umgangston in der Stadt war, konnte sie ihr schon gestohlen bleiben. Aber es half nichts, sie würde sich eben damit abfinden müssen und versuchen, so viel wie möglich zu lernen.

Gemeinsam mit dem Dienstmädchen ging sie in den Flur,

wo noch ihr Gepäck stand. Die beiden Frauen gingen durch die Küche, wo hinten in der Ecke eine Tür zu einem kleinen Alkoven führte. Hier standen ein eisernes Bettgestell mit einer dünnen Matratze und einfachem Bettzeug von undefinierbarer Farbe, ein grobgezimmerter Schrank und ein wackliger Waschtisch. Luise sah sich in der engen Kammer um und für einen Moment schnürte ihr das Heimweh ein wenig die Kehle zu. Zu Hause hatte sie auch nicht im Luxus gelebt. Ihre Schlafkammer war einfach eingerichtet, aber die Möbel waren doch hübsch cremefarben lackiert. Die Bettbezüge waren schön weiß und die Vorhänge mit freundlichen Blumenmustern versehen. Dieser Raum hier hatte keine Vorhänge und strahlte so viel Behaglichkeit aus wie eine Mönchszelle. Luise seufzte. Vielleicht war es doch keine so gute Idee gewesen, nach Freiburg in Stellung zu gehen. Nun gab es aber kein Zurück mehr. Feigheit vor dem Feinde war nicht Luises Art. Das würde sie jetzt durchstehen, bis Hans, der bald sein erstes Staatsexamen ablegen würde, sein Referendariat absolviert hatte und sie endlich heiraten konnten. Käthele riss Luise mit einem Räuspern aus ihren Gedanken. „Luise, wenn Sie sich ein wenig frischgemacht haben, sollten wir uns ums Abendessen kümmern. Auspacken können Sie später noch“.

„Natürlich“ gab Luise zurück und folgte dem Dienstmädchen in die Küche. Käthele schnitt Brot auf, holte Butter, Wurst und Käse aus der Speisekammer, gab alles auf einen Teller und stellte es auf ein Tablett. Dazu füllte sie Wein in einen kleinen Krug.“

„Trinkt denn Frau Professor Rösle am Werktag Wein zum Essen?“, verwunderte sie sich. Den gab es in der

Mühle nur zu besonderen Anlässen, obwohl sie ja eigenen Wein hatten. „Na ja“, erwiderte das Käthele, „Frau Professor hat eben das Geld dazu, obwohl von diesem Geld bei uns beiden nicht mehr viel ankommt.“ Da musste Luise ihr recht geben, denn 30 Mark Monatslohn und nur alle zwei Wochen ein freier Tag war nicht gerade ein großzügiges Arrangement. Luise nahm das Tablett und Käthele ging vor ihr her ins Speisezimmer, wo die alte Dame schon am Tisch saß. Rasch nahm das Dienstmädchen einen Teller, Essbesteck und ein Weinglas aus dem Büfett, stellte alles auf den Tisch. Daneben legte sie eine frisch gestärkte Serviette. Luise stellte das Tablett mit dem Essen und dem Wein auf den Tisch und wünschte guten Appetit. Da rief ihre neue Arbeitgeberin: „Ja, was ist? Räumen Sie die Sachen vom Tablett auf den Tisch!“ Luise straffte ihren Rücken und stellte schweigend die Sachen auf den Tisch. Wo war sie hier nur hingeraten? Sie hatte zu Hause von morgens bis abends gearbeitet, im Stall, im Feld oder in der Küche. Es war ihr nichts zu viel gewesen. Aber nie hatte sie das Gefühl gehabt, ausgenutzt zu werden und in solch einem Ton hatte niemals jemand mit ihr gesprochen. Wortlos lief sie hinter dem Dienstmädchen her zurück in die Küche. „Komm, setzt dich her, Luise. Es ist doch recht, wenn wir du sagen? Du wirst auch hungrig sein. Ich stell uns schnell was hin.“ Das gute Käthele hatte Luise am Arm genommen und sie zum Tisch geführt. Luise setzte sich und schaute ihr zu, wie sie Brot und Quark, sowie zwei Teller und Gläser auf den Tisch stellte. Dann setzte auch sie sich und goss Luise etwas Wasser ins Glas. „Nun iss mal. Guten Appetit!“

„Danke“, sagte Luise müde und schaute auf das armselige

Abendessen vor ihr. Dann begann sie zu essen und merkte erst da, wie hungrig sie war. Drüben aus dem Speisezimmer ertönte eine Glocke. „Käthele, du kannst abräumen“, hörte man die herrische Stimme der alten Dame. Rasch stand die Gerufene auf und bedeutete Luise, ebenfalls mitzukommen. Drüben stellte Luise die Lebensmittel aufs Tablett, während Käthele das Geschirr nahm. „Wer sind Sie?“, fragte da Frau Rösle unvermittelt und starrte Luise verwirrt ins Gesicht. „Aber, Frau Professor, ich bin es doch, Luise Kramer, ihre neue Hilfe.“ „Ach so ja, sicher“, gab die alte Dame zurück. Als Käthele und Luise zurück in der Küche waren, half Luise beim Wegräumen der Sachen. Als sie dann am Tisch saßen, um ihre eigene Mahlzeit zu beenden, fasste sich Luise ein Herz und fragte die junge Frau: „Was war denn vorhin mit Frau Professor los? Warum hat sie denn auf einmal nicht mehr gewusst, wer ich bin?“

„Mach dir nichts draus, Luise, die gnädige Frau wird eben alt. Da fangen die Leute manchmal an zu spinnen, weißt du?“ Nein, Luise wusste das nicht, wagte aber nicht mehr, weiter zu fragen.

Als sie eine Zeit später im Bett lag, dachte sie an Hans und wieviel lieber sie mit ihm den Abend verbracht hätte. Und sie dachte an ihre Familie zu Hause und hatte arges Heimweh. Nach einem Gebet, das auch das freundliche Käthele miteinschloss, drehte sich Luise um und war kurz darauf eingeschlafen.

So war der erste Tag in Freiburg vergangen. Luise musste hier erst um sieben Uhr aufstehen und hatte sich den Wecker gestellt, den der Vater ihr in Bruchsal gekauft hatte. Sie war aber schon lange vor sieben Uhr aufgewacht, so wie sie es jahrelang gewohnt gewesen war. In der Küche hatte Käthele schon Feuer gemacht und für sich und Luise den Tisch gedeckt. „Guten Morgen, Luise, gut geschlafen?“, fragte sie. „Ja, danke“, meinte Luise, „dir auch guten Morgen.“

„Komm setz dich und iss, wenn Frau Professor erst mal wach ist, hast du keine Ruhe mehr.“ So aßen die beiden ein Butterbrot. Es gab auch etwas Marmelade dazu, immerhin. Zum Trinken gab es Malzkaffee. Nach dem Frühstück stand Käthele am Herd und stellte etwas Wasser auf. Dann füllte sie Kaffeebohnen in die Kaffeemühle, um die Bohnen zu mahlen und gab das Pulver in einen Filter. Kurz darauf zog ein herrlicher Duft durch den Raum. „Bohnenkaffee!“, stieß Luise hervor, „Frau Professor trinkt tatsächlich Bohnenkaffee zum Frühstück?“

„Aber sicher“, antwortete das Dienstmädchen, „jeden Morgen!“ Luise hatte Bohnenkaffee an Bertas und Fritz′ Hochzeit getrunken, aber sonst niemals mehr. Dieses Getränk galt den Mühlenleuten als Luxus. Rasch half sie Käthele, das Tablett für Frau Rösle herzurichten und hinter ihr ins Speisezimmer zu tragen. Dort saß diese, wie schon am Abend zuvor, bereits am Tisch und wartete. „Guten Morgen, Luise. Haben Sie gut geschlafen?“, fragte sie nicht unfreundlich. Da war Luise wenigstens ein wenig erleichtert und gab höflich Antwort.

Eigentlich hatte Luise erwartet, dass Frau Professor Rösle ihr sagen würde, was sie zu tun hätte. Aber das überließ sie ihrer Tochter, die schon mit Luise korrespondiert hatte. Sie war eine Frau etwa im gleichen Alter wie Luise, war aber bereits seit fünf Jahren verheiratet und Mutter von einem Jungen und einem Mädchen. Luise sollte sich hauptsächlich um die Mahlzeiten kümmern, auf- und abtragen, einkaufen, kochen, dazu aufräumen und Betten machen und montags bei der Wäsche helfen. Die junge Frau sah Luise forschend and und sagte dann: „Also, wenn man es recht bedenkt, ist ihre Arbeit hier nicht allzu umfangreich. Vielleicht könnten Sie dienstags dann bei mir mit der Wäsche helfen. Meinen Sie nicht?“ Eigentlich war es Luise nicht recht, denn so wenig zu tun war nun auch wieder nicht, zumal Frau Rösle ständig etwas anderes gebracht haben wollte und dafür lautstark nach Luise rief. Aber Luise wollte nicht, dass ihre Tochter dachte, sie sei bequem oder langsam bei der Arbeit. Als sie nach zwei Wochen endlich ihren freien Tag hatte, holte Hans sie nach dem Frühstück ab. Stürmisch umarmte sie ihn und klammerte sich förmlich an ihn. „Luise, wie geht es dir?“, fragte er und gab ihr einen Kuss auf die Wange. „Ach, es geht schon. Frau Professor Rösle ist halt etwas launisch und sehr vergesslich. Und jetzt soll ich auch noch bei ihrer Tochter jede Woche bei der Wäsche helfen. Nicht, dass es mir zu viel ist, aber…“, ratlos brach sie ab. „Aber sie nutzen dich aus und brummen dir Extra-Arbeit auf, ohne dafür zu bezahlen“, brachte Hans den Satz zu Ende. „Hans, du kennst mich und weißt, dass ich dranlangen kann, aber das hier ist ein komischer Haushalt. Frau Rösle ruft beständig nach mir, aber dann kennt sie mich plötzlich nicht mehr oder weiß nicht mehr, was sie von mir wollte. Dann redet sie manchmal in einem Ton mit mir, als wäre ich ein junges dummes Mädchen. Mit unseren Mägden daheim habe ich nicht so gesprochen!“, brach es aus ihr heraus. Sanft strich Hans ihr über das Haar: „Das glaube ich dir. Das ist wirklich nicht schön und auch recht seltsam. Schade, ich hatte gehofft, sie würden dich gut behandeln und du würdest ein bisschen was über einen Stadt-Haushalt lernen. Als Frau Assessor wirst du das noch brauchen. Halt durch mein Mädchen!“

„Das werde ich! Aufgeben ist das letzte was ich tun werde, schon um meine Eltern nicht zu enttäuschen.“

„Das ist meine Luise! Stark wie ein Ochse und stolz wie eine Spanierin!“ Da musste Luise lachen und fühlte sich gleich getröstet: „Du machst ja Komplimente: Stark wie ein Ochse.“

„Komm“, rief Hans und fasste sie an der Hand. „Ich zeige dir die Stadt und das Münster:“ Und so machten sie sich auf den Weg, aber zuvor machte Hans noch etwas anderes. Er küsste sie, und dieses Mal nicht auf die Wange.

Kapitel 8

Im Frühjahr bestanden Hans und Hugo ihr erstes Staatsexamen. Beide hatten sie gute Noten und freuten sich jetzt auf den nächsten Schritt, das Referendariat. Zur Feier der Examina fuhren Luise, Hans und Hugo nach Hause. In der Mühle bereiteten Maria und die Mutter ein kleines Festessen vor, zu dem neben Hans auch seine Mutter eingeladen war. Luise bekam drei Tage frei, so dass sie nach Hause fahren und mitfeiern konnte. So sehr sich Luise freute, wieder daheim zu sein, spürte sie doch deutlich, dass sie hier nur noch Besuch war. Sobald sie bei einer Arbeit mithelfen wollte, sagte Maria zu ihr: „Ach, lass doch. Du brauchst nicht zu helfen. Du hast doch frei. Ruh dich lieber etwas aus." Ausruhen, von wegen, dachte Luise, sie will mich nicht dabeihaben. Fritz schien von den unterschwelligen Spannungen zwischen den beiden Frauen nichts zu bemerken, zumal Luise mit niemandem darüber sprach.

Zwei Wochen darauf kam Hans eines Abends zu Frau Professor Rösle und wollte Luise sprechen. „Frl. Kramer ist nicht da. Sie hilft heute bei meiner Tochter aus."

„Das ist jetzt schon das dritte Mal diese Woche. Ich hoffe, Sie bezahlen sie wenigstens für die Mehrarbeit", protestierte Hans.

„Ach was, Mehrarbeit", widersprach Frau Rösle, „es ist doch egal, ob sie hier oder dort arbeitet. Als er am anderen Abend wiederkam, war Luise zu Hause. „Lulu, das geht so nicht. Die Frau muss dir den Mehraufwand bezahlen. Du bist jetzt schon dreimal diese Woche dort rausgefahren!" Luise erwiderte: „Sie bezahlt mir die Straßenbahnfahrt. Mehr gibt sie mir nicht. Ich habe schon mit ihr gesprochen.

Dafür muss ich mir nicht ständig die Verrücktheiten ihrer Mutter angucken und werde nicht dauernd kontrolliert, als sei ich ein wenig schwach im Kopf! Und die Kinder von ihr sind wirklich lieb und gut erzogen."

„Wie viele Kinder hat sie denn?", wollte Hans wissen. „Ein Junge und ein Mädchen", antwortetet Luise. Sie lehnte ihren Kopf an Hans´ Schulter: „Wir werden auch liebe Kinder haben, nicht wahr, Hans? Wir machen es wie Papageno und Papagena in Mozarts „Zauberflöte": Erst einen kleinen Papageno, dann eine kleine Papagena und so weiter, mindestens vier oder fünf"

„Mindestens", lachte Hans. „Aber erst kommt ja jetzt mein Referendariat. Gestern habe ich den Bescheid bekommen. Es geht nach Zell am Harmersbach. Das liegt in einem Seitental des Kinzigtals. Eine wunderschöne Gegend! Da kommst du mich ab und an besuchen und wir wandern und picknicken dann", schwärmte Hans. „Ja, das mag wohl sein, dass es dort schön ist", pflichtete Luise ihm bei, „aber so weit weg von Freiburg. Da sind wir ja wieder die meiste Zeit getrennt!"

Luise sollte recht behalten. Die Gegend um Zell war wildromantisch, aber durch die Enge des Tales nicht eben von der Sonne verwöhnt. Der Winter 1929 sollte zudem ein ganz besonders strenger werden. Im November fiel der erste Schnee und blieb dort liegen bis in den April. Hans fing sich eine Erkältung ein, die er einfach nicht loswurde. Vor allem der Husten war so hartnäckig trotz warmer Brustwickel und Tees, die Hans kannenweise trank. Luise fing an, sich ernsthaft Sorgen zu machen. „Du musst versuchen, in der zweiten Hälfte von deinem Referendariat an einen Platz zu kommen, wo es wärmer ist. Das Klima in

Zell macht dich kaputt! Den ganzen Tag Bäume inspizieren oder Arbeiter kontrollieren und selbst fast nur rumstehen, das kann dort nicht gutgehen.“ Hans hatte Glück: In der zweiten Hälfte wurde er nach Bruchsal versetzt. Nun gab es auch für Luise keinen Grund mehr, länger bei ihren Dienstherren in Stellung zu bleiben. Der Abschied von Frau Professor Rösle war kurz und schmerzlos, der von ihrer Tochter und den beiden Kindern fiel Luise etwas schwerer.

In der Mühle lebte sie sich nicht mehr richtig ein. Es blieb dabei, Maria nahm ihre Mithilfe in Haus und Garten so wenig in Anspruch wie möglich, oder sie teilte ihr belanglose Arbeiten wie Unkrautjäten zu. Vielleicht befürchtete sie, dass Fritz nicht zufrieden wäre, wenn sie weniger arbeiten würde. Es gab Momente, in denen sich Luise tatsächlich langweilte, ein Zustand, der ihr völlig fremd und gegen die Natur war. Das meiste Vieh war nach und nach verkauft worden, so dass viel weniger Tiere als früher zu versorgen waren. War ein Huhn zu schlachten, übernahm das immer noch die Mutter. Das brachte Luise nicht über sich und sie war der Mutter für deren Kaltblütigkeit überaus dankbar.

Rudolf sauste mit seinem Auto mit Begeisterung durch die Gegend, um das Mehl an den Mann zu bringen oder neue Kunden zu gewinnen. „Luise, fahr doch mal mit!“, rief er, „du wirst sehen, das ist famos!“

„Na schön, wenn du meinst“, willigte sie ein. Zuerst war Luise die Geschwindigkeit, mit der Rudolf über die Landstraße fuhr, schrecklich unheimlich. „Rudolf, so schnell geht´s ja nicht mal, wenn dir ein Pferd am Wagen durchgeht!“, schrie sie. Aber sie gewöhnte sich daran und begann, sich auf gelegentliche Ausfahrten mit Rudolf zu freuen.

Hans gefiel die Arbeit im Bruchsaler Forstamt. Schnell hatte man dort gemerkt, dass Hans ein kluger Kopf war und ihm administrative Aufgaben leichtfielen. Das Überwachen der Waldarbeiter gehörte zwar auch noch zu den Aufgaben, fiel aber weniger ins Gewicht als in Zell. So wurde allmählich auch der Husten weniger und war schließlich auskuriert. Jedoch dem Vater ging es gar nicht gut. Er magerte zunehmend ab, obwohl er fast normal aß. Durch seine lange Blindheit konnte er sich zunehmend weniger in seiner Umgebung zurechtfinden. Somit fehlte ihm Bewegung und er war ständig müde. Es war, als würde allmählich das Leben aus seinem Körper schwinden. Luise tat es weh, den einst so stolzen und tatkräftigen Vater so zu sehen.

Im März 1932 bestand Hans sein zweites Staatsexamen mit Auszeichnung. Luise war stolz auf ihren Verlobten und war sehr glücklich darüber. Nun würden sie endlich heiraten können, auch wenn der Gesundheitszustand des Vaters alles andere als gut war.

Im Juli war es dann so weit. Luise konnte es kaum fassen, dass sie nun Hansens Frau werden sollte, wo sie volle zehn Jahre darauf hatte warten müssen. Im November hatte sie ihren 30. Geburtstag gefeiert und über Winter an ihrer Aussteuer gestickt, auf die sie besonders stolz war. Geld hatte sie nicht viel, aber wenigstens die schönen Leintücher, Tischdecken und Handtücher würde sie mit in die Ehe bringen können.

Mit Rücksicht auf Vaters angeschlagenen Gesundheitszustand entschlossen sich die Brautleute, nicht in Langenbrücken zu heiraten, was eine große Unruhe mit sich gebracht hätte. Stattdessen entschieden sie sich, in aller Stille im Stift Neuburg bei Heidelberg zu heiraten. Neben Hans´ Mutter und den Brüdern Otto und Rudolf war auch seine Schwester Trudel und ihr Mann Karl dabei. Die beiden waren 1929 nach Amerika ausgewandert, weil Karl als Ingenieur in Deutschland keine Anstellung gefunden hatte. Es freute Hans ganz besonders, dass sie den Heimatbesuch mit der Hochzeit hatten verbinden können. Hans´ Schwestern Maria und Liesel konnten nicht kommen. Maria lebte ebenfalls in Amerika. Liesel hatte einen Schweizer geheiratet und lebte nun in der Nähe von Bern. Von Luise kamen alle Geschwister. August spielte die Orgel, während Berta Mühe hatte, den kleinen Erich, den jüngsten ihrer drei Söhne, in Schach zu halten. Auch Fritz hatte zum Stammhalter noch einen kleinen Sohn bekommen, über dessen Ankunft man sehr froh, war, denn nun gab es zum Erben noch einen weiteren möglichen Nachfolger für die Mühle. Hugo hatte der Familie kurz zuvor seine Verlobte Friedel vorgestellt. Nur Rudolf wollte sich noch etwas Zeit lassen. Er wolle auch keine aus Langenbrücken, ließ er verlauten. Hübsch musste sie sein und die Auswahl sei dann größer, wenn man sich auswärts umschaute. Mit einer kräftigen Bassstimme ausgestattet, übte er mit August ein Solo für die Trauung ein.

Einige Wochen vor der Heirat kam Hans eines Abends zu Luise. Irgendwie schien er ihr noch fröhlicher und aufgeräumter als sonst. Das wollte schon etwas heißen, denn Hans war meist gut gelaunt und immer zu Gesprächen und Scherzen aufgelegt. Luise unterhielt sich auch gerne, sie konnte aber auch genauso gut schweigen und war eine gute

Zuhörerin. „Hans“, fragte sie, „gibt’s was Neues? Du strahlst so.“

„Allerdings, liebste Lulu. Ich habe eine Überraschung für dich: Wir machen eine Hochzeitsreise!“ Luise konnte es nicht fassen. „Im Ernst? Wohin denn?“

„In Deutschlands romantischste Ecke. Wir fahren mit dem Zug an den Mittelrhein nach Bingen und von dort mit dem Schiff nach Köln. Dort übernachten wir. Am nächsten Tag machen wir eine Stadtrundfahrt, besichtigen den Dom, bleiben noch eine Nacht und leben in Saus und Braus! Nachdem wir zum Mittagessen nochmal schön eingekehrt sind, fahren wir wieder heim. Was meinst du?“ Mit einem Jubelschrei fiel Luise Hans um den Hals. „Du bist der Beste!“ „Ich weiß“, grinste Hans. „Und der Beste kriegt die beste Frau.“

Die Hochzeitsfeier war schlicht, aber für die beiden dennoch beglückend. Für Luise war es nur wichtig, dass sie endlich zusammen sein konnten. Außerdem genoss sie es, mit der ganzen Familie feiern zu können. Sie trug ein wadenlanges, schlicht gehaltenes Kleid aus weißer Spitze und einen Schleier, der ihr bis zur Schulter reichte. Hans trug seine Forstuniform. Das Geld für den schwarzen Anzug hatte er damit gespart. Zwei Tage nach der Hochzeit gingen sie auf Reisen. Hans hatte außer Freiburg und dem Schwarzwald während des Semesters in Wien schon manches gesehen. Luise war noch selten irgendwo hingekommen. Sie war aufgeregt wie ein Schulkind. Hugo hatte den beiden zur Hochzeit einen Reiseführer über die Gegend geschenkt. Luise hatte ihn geradezu verschlungen. Nun saß sie am Fenster des Zuges und konnte sich nicht sattsehen an der wildromantischen Rheinlandschaft. Köln mit seinem

Dom, den zahllosen alten Kirchen und herrlichen Häuserfassaden überwältigte sie vollends. Abends kehrten Luise und Hans in einem der gemütlichen Gasthäuser in der Altstadt ein und ließen sich einen Rinderbraten schmecken. Dazu tranken sie ein Kölsch. Luise hatte bis dahin höchstens ab und an eine Weinschorle getrunken. Das Bier schmeckte ihr nicht besonders, aber sie wollte einmal etwas Neues probieren. Nach dem zweiten Bier hatte sie einen kleinen Schwips und fühlte sich wie im siebten Himmel. Als sie einige Zeit später neben Hans im Bett lag, meinte sie: „Hans, siehst du? Ich bekomme das Grinsen nicht mehr aus dem Gesicht. Du machst mich zum glücklichsten Menschen auf der Welt!" Und dann machten sich die beiden an die Herstellung des ersten kleinen Schmichs.

Kapitel 9

Durch die Heirat wurde aus Luise Kramer nun Frau Forstassessor Schmich, denn Hans hatte seine erste Stellenzuweisung bekommen. Eigentlich hatte man ihn für eine Stelle bei der Forstverwaltung in Karlsruhe vorgesehen. Aber eine reine Bürotätigkeit wäre ihm zu langweilig gewesen. Deshalb hatte er um eine Alternative gebeten. Luise war das sehr recht, denn ein Leben in der Stadt ohne das kleinste Stückchen Garten hätte ihr nicht wirklich gefallen. In Pforzheim war der Forstamtsleiter längerfristig erkrankt, und zu Hans´ großem Erstaunen hatte man ihm die Leitung für ein Jahr anvertraut. Üblicherweise waren Berufsanfänger erst einmal Stellvertreter eines Forstamtsleiters, die von ihm noch weiter ausgebildet wurden. Luise freute sich sehr für Hans, wenn sie sich auch insgeheim Sorgen machte, dass er sich zu sehr verausgaben könnte. Hans war ein Perfektionist. Er konnte keine Aufgabe nur ungefähr machen, immer gab er hundert Prozent und war manchmal auch in seiner Freizeit noch mit den Gedanken bei der Arbeit. Das Forsthaus lag am Stadtrand und besaß einen kleinen Garten ganz nach Luises Geschmack. Hugo, der im Herbst seine Friedel geheiratet hatte, musste ebenfalls weg von zu Hause, nach Adelsheim. Hans und Hugo schrieben sich gelegentlich, aber viel Zeit hatten beide nicht.

Der Umzug nach Pforzheim war schnell bewältigt, da weder Hans noch Luise eigene Möbel besaßen und diese vor Ort erst angeschafft werden sollten. Während Hans und Luise sich in ihrer neuen Heimat allmählich zurechtfanden und wenig Zeit hatten, sich um Politik zu kümmern, ging die junge Demokratie der Weimarer Republik ihrem Ende entgegen. Im August des Jahres 1932 merkte Luise, dass mit ihr etwas anders war als sonst. Ihr war ständig übel und sie war oft müde. Zudem war ihre Monatsblutung nun schon zum zweiten Mal ausgeblieben. Ein Arzt bestätigte ihre Vermutung: sie war schwanger. Luise und Hans waren überglücklich! Endlich war ihr Leben so, wie sie es sich viele Jahre lang erträumt hatten.

Dann, im November, starb der Vater. Er war eines Morgens nicht mehr aufgewacht. Luise traf diese Nachricht hart, weil sie sich nicht mehr von ihm hatte verabschieden können. Als Hans abends von der Arbeit nach Hause kam, überbrachte sie ihm unter Tränen die traurige Nachricht. Hans nahm sie in die Arme: „Meine arme Lulu, das ist furchtbar traurig. Ich weiß, du hast deinen Vater sehr liebgehabt. Aber jetzt weine doch nicht so, denk an unser Kind. Es tut ihm bestimmt nicht gut, wenn du so traurig bist, unserem Kleinen." Luise atmete tief durch und versuchte, nicht mehr zu weinen. Traurig war sie trotzdem noch für längere Zeit.

Der Vater wurde im Wohnzimmer der Mühle aufgebahrt. Dort fand auch die Einsegnung statt. Dann wurde der Sarg geschlossen, herausgetragen und auf die Kutsche gelegt, vor die ein Rappe gespannt war. In der Stadt hatte man dafür jetzt Autos, auf dem Land waren es noch Pferdegespanne, die den Sarg eines Verstorbenen zum Friedhof zogen. Viele Menschen hatten sich versammelt, um in einem großen Zug den Leichnam zum Friedhof zu begleiten, andere schlossen sich unterwegs an.

Die Mutter zog sich nach dem Tod des Vaters aufs Altenteil zurück. Sie bewohnte fortan eine kleine Küche und zwei kleine Zimmer im Obergeschoss der Mühle.

Nach der Reichstagswahl im Januar des Jahres 1933 übernahm Adolf Hitler die Macht, den einen zur Freude, den anderen als immer größer werdender Albtraum. Auch wenn Hans und Luise sich nicht zu sehr für Politik interessierten, standen sie doch Hitler und seiner NSDAP mit großem Misstrauen und Ablehnung gegenüber. Luises Leib hatte sich inzwischen gerundet. Im April sollte das Kind geboren werden. Stehen, Gehen und auch das Liegen im Bett wurden der werdenden Mutter zunehmend beschwerlicher, und ihr guter Hans half ihr abends bei der Hausarbeit, so gut er konnte. Luise war ihm dankbar dafür, zumal sie wusste, dass nicht viele Männer sich so verhalten hätten. Sie hoffte nur, dass das Kind gesund sei und die Geburt gut gehen würde. Hans hatte darauf bestanden, sie ins Krankenhaus zu bringen, weil heutzutage die Kinder im Krankenhaus und nicht mehr zu Hause auf die Welt kämen. Luise hatte eingewilligt, wenn es ihr auch recht seltsam erschien, wegen einer Geburt ins Krankenhaus zu gehen. Nach zehn Stunden in den Wehen kam am 20. April ihr Sohn, ein gesundes, kräftiges Kind, zur Welt. Luise war erschöpft, aber überglücklich. Ein junger Arzt betrat den Kreissaal und rief: „Herzlichen Glückwunsch zu Ihrem Jungen, Frau Schmich. Welch ein großartiges Datum haben Sie sich da ausgesucht: Führers Geburtstag! Na, da werden Sie den Kleinen bestimmt Adolf nennen, nicht wahr?“ Luise wand sich vor Verlegenheit in ihrem Bett. Niemals würde sie ein Kind nach diesem abscheulichen Hitler nennen wollen. Inzwischen war auch Hans eingetroffen, um seinen Sohn zu bewundern. Er hatte die Rede des Arztes mitbekommen und gab zur Antwort: „Nun, Herr Doktor, das

Kind wird Rudolf heißen, nach seinem Patenonkel, meinem Bruder.“ „Na ja“, erwiderte der Arzt etwas ernüchtert, „das ist ja auch ein schöner Name.“ Das fand Luise auch. Sie hatte die Niederkunft gut überstanden und erholte sich rasch. Mit der Geburt des Kindes war sie in den Kreis ihrer Nachbarinnen endgültig aufgenommen. Stolz schob sie den Kinderwagen durch den Ort, wenn sie Besorgungen machen musste oder auch beim Sonntagsspaziergang mit Hans.

Im Mai fuhr die kleine Familie zu Besuch nach Langenbrücken. Maria und Luise konnten sich jetzt über die Kinder austauschen und auch Berta, die es sich ebenfalls hatte einrichten können zu kommen, beteiligte sich mit Begeisterung am Gespräch. Der kleine Rolf, wie alle ihn nannten, war ein hübsches Baby, denn sobald seine Haare zu wachsen anfingen, kringelten sie sich zu blonden Locken, was insbesondere bei den Frauen Entzücken hervorrief. Luise war nicht eitel, aber in ihr Söhnchen war sie regelrecht vernarrt. Aber auch Hans liebte seinen Sohn. Nie war er ungeduldig oder verärgert, wenn der Kleine weinte oder Luise ihn füttern, baden und wickeln musste, was viel Zeit in Anspruch nahm. Seine Arbeit im Forstamt gefiel ihm, auch wenn er viel zu tun hatte und für manches sicher auch länger brauchte als ein erfahrener Beamte. Seine Vorgesetzten waren offensichtlich zufrieden und bald kam die Versetzung an eine dauerhafte Stelle. Im Sommer zog die kleine Familie nach Hardheim im Bauland, das scherzhaft auch „Badisch Sibirien“ genannt wurde. Luise musste jedenfalls erst einmal auf der Karte nachsehen, wo die kleine Stadt genau lag. „Bist du dir sicher, dass es dort überhaupt ein Forstamt gibt?“, zog sie Hans auf. „Ja, es gibt ein Forstamt, eine Kirche und drei Häuser. Das muss reichen“, gab Hans grinsend zurück. Pforzheim hatte Luise gut gefallen mit seinen vielen barocken Fassaden und schönen Plätzen. Hardheim hatte ein Forstamt, eine Kirche und…nun ja, ein paar mehr als drei Häuser. Aber auch hier lebte sich die junge Familie bald ein. Das Forsthaus war geräumig und der Garten konnte auch eine größere Familie ernähren. Hans stürzte sich mit Feuereifer in seine neue Arbeit. Luise säte Blumen und pflanzte Salat und Gemüse und schaffte sogar ein paar Hühner an. „Dann kann ich abwechselnd mit Rolf oder den Hühnern sprechen, wenn du den ganzen Tag weg bist“, meinte sie lachend zu ihrem Mann.

Als Hans eines Tages nach Hause kam, merkte Luise gleich, dass etwas nicht mit ihm stimmte. Er wirkte angespannt und irgendwie zerstreut. Als Rolf in seinem Bettchen lag und sie im Wohnzimmer saßen, kam er ohne Umschweife zum Thema: „Luise, ich habe Sorge um meine Arbeit als Beamter in diesem Staat. Oder vielleicht sollte ich sagen, Sorge um unser Land. Die Nazis bestimmen immer mehr unseren Alltag, damit ja alle nur ihren Unfug nachplappern. Es müssen jetzt alle Staatsbeamten irgendeiner nationalsozialistischen Gruppierung beitreten. Einige von uns sind der NSDAP beigetreten, was ich auf keinen Fall möchte. Das einzig halbwegs Unpolitische ist die Segelfliegersektion.“ „Das heißt, du willst zu den Segelfliegern? Da kann man aber auch abstürzen mit den Dingern, oder nicht?“, gab Luise zurück. „Ach, na ja, ich glaube nicht, dass es direkt gefährlich ist. Es ist eher mühsam, weil du den Flieger erstmal den Berg hochziehen musst, um fliegen zu können. Da kommt man wohl ordentlich ins

Schwitzen. Aber das Fliegen selbst soll sehr schön sein. Was meinst du Luise?“ „Ich meine, dass du dich wieder ordentlich erkälten wirst, wenn du dir verschwitzt den Wind um die Nase wehen lässt“. Seufzend stand Luise auf. „Aber wenn es das Einzige ist, wo sie dich halbwegs in Ruhe lassen, dann mach´s halt.“

„Danke Lulu“, meinte Hans nur.

Als der Herbst die Blätter bunt färbte, merkte Luise, dass sie wieder schwanger war. Hans und sie freuten sich sehr auf dieses zweite Kind. „Weißt du noch Hans, als ich dir in Freiburg sagte, wir bekommen vielleicht auch einen Jungen und dann ein Mädchen? Oh, ich bin so gespannt!“, meinte Luise zu ihrem Mann. „Papageno und Papagena! Ich weiß schon“, erwiderte Hans lachend. Luise liebte klassische Musik und besonders Opernmelodien, die sie leider nur von Schallplatten kannte, die sie und die Mutter auf dem Grammophon gehört hatten. Zur Geburt von Rolf hatte Hans ihr auch ein Grammophon geschenkt und ihre Mutter hatte ihr drei Schallplatten vererbt, die sie heiß und innig liebte. Einen Volksempfänger hatten sie auch, aber die ewigen Propagandareden und Märsche gingen Luise auf die Nerven. Manchmal wurden auch Schlager aus den Kinofilmen gesendet. Die gefielen Luise schon eher. In Freiburg war sie mit Hans ab und zu im Kino gewesen. Die modernen Tonfilme, die dort gezeigt wurden, waren eine Sensation. Auf einmal hörte man echte Dialoge und Geräusche. Das war schon ein Erlebnis! Auch in Pforzheim waren sie anfangs ab und an im Kino gewesen. Mit der Geburt von Rolf waren die Kinobesuche zum Erliegen gekommen.

Im Juni des darauffolgenden Jahres wurde die kleine Gertrud geboren. Nun fand es Luises Mutter an der Zeit, dass ihre Tochter Hilfe bekam, denn das Forsthaus war groß und mit zwei kleinen Kindern wäre selbst der tüchtigen Luise die Arbeit über den Kopf gewachsen. Es fand sich Anna Sturm, ein Mädchen aus Langenbrücken, die gerade einmal siebzehn Jahre alt war. Aber sie war geschickt, fleißig und gut zu den Kindern. Luise war zudem froh, ein wenig Gesellschaft im Haus zu haben, noch dazu jemanden aus ihrem Dorf, mit der sie im vertrauten Dialekt sprechen konnte. Die Patenschaft für Gertrud hatte die Tante Trudel aus Amerika übernommen, weil Hans sie von seinen Schwestern am liebsten mochte. Trudel, wie die Kleine ebenfalls genannt wurde, war ebenso gesund und kräftig wie ihr Bruder. Nur Haare wollten ihr lange Zeit nicht wachsen, sehr zum Leidwesen ihrer Mutter. Dafür lächelte sie unentwegt, sobald man sie nur freundlich ansah. Während Rolf ein recht stiller kleiner Junge war, der mit großen ernsten Augen seine Umgebung aufmerksam betrachtete, war Trudel ein kleiner Irrwisch. Von einem Moment auf den anderen konnte ihre gute Stimmung umschlagen und mit lautem Gebrüll machte sie dann auf sich aufmerksam. Aber Luise und Hans liebten ihr Töchterchen ebenso sehr wie den kleinen Rolf. Als die Familie zu Besuch nach Langenbrücken kam, musste sich Hans den gutmütigen Spott seiner Brüder und Schwager gefallen lassen. Rudolf meinte: „Du gehst aber ran Hans. Respekt! Wenn du in dem Tempo weitermachst, reicht selbst euer großes Forsthaus bald nicht mehr!“ Hans lachte, schlug Rudolf auf die Schulter und meinte: „Na und du? Mach mal voran! Du wirst sehen, es ist schön, eine Familie zu haben.“ Aber Fritz meinte: „Es ist ihm ja keine hübsch genug! Der wird noch als alter Hagestolz enden!“

Kapitel 10

Der Sommer ging und der Herbst kam mit viel Regen und stürmischem Wetter. Und mit ihm kehrte Hans´ Husten zurück. Es hatte damit angefangen, dass er sich beim Segelfliegen erkältet hatte. Es war gekommen, wie Luise befürchtet hatte. Man musste das Flugzeug unter Aufbietung aller Kräfte zuerst den Berg hochziehen, bevor man losfliegen konnte. Hans war jedes Mal völlig verschwitzt und der Fahrtwind blies einen durch und durch. Hinzu kam, dass im Spätherbst und Winter das Holz geschlagen wurde. Den Waldarbeitern, die diese Arbeit ausführten, wurde weiß Gott nicht kalt. Hans jedoch musste die Arbeiten lediglich überwachen und anschließend das Holz begutachten. So kam er jetzt beinahe jeden Tag durchgefroren und mit feuchter Kleidung nach Hause. Der Husten ging nicht mehr weg, da konnte Luise ihm warmen Tee und Brustwickel machen, so viel sie wollte. Eines Morgens Ende November konnte Hans nicht mehr aufstehen. Er fieberte und fühlte sich völlig zerschlagen. Luise machte ihm Wadenwickel, aber das Fieber sank kaum. Husten musste Hans gar nicht mehr so viel, aber sein Atem ging keuchend und pfeifend. Luise brachte ihm zu trinken, essen mochte er nichts. „Hans, iss wenigstens etwas Hühnerbrühe. Die ist leicht und bringt dich wieder auf die Beine.“ Hans entgegnete: „Ach Lulu, ich danke dir schön. Aber ich kann einfach nicht.“ Um Luise einen Gefallen zu tun, zwang er sich, einige Löffel davon zu nehmen. Da klopfte es an der Tür und Anna kam herein mit Rolf an der Hand und der kleinen Trudel auf dem Arm. „Entschuldigen Sie bitte, aber Rolf wollte unbedingt zu Mama und Papa.“

„Schon gut“, meinte Luise, „lass die beiden ruhig einen Moment da.“ Sie nahm die Kinder für einen Moment auf den Schoß. Aber Rolf wollte zu seinem Vater ans Bett und fing an, unruhig hin und her zu rutschen. „So Kinder, geht nur mit Anna wieder in die Küche. Papa ist krank und muss sich ausruhen“, bestimmte Luise. „Papa müde?“, fragte Rolf. Hans lächelte schwach: „Ja, mein Sohn, der Papa ist sehr müde.“ Hans strich den Kindern über den Kopf. „So, nun habt ihr den Papa gesehen. Er muss jetzt schlafen“, schaltete sich Luise energisch ein. Kurz darauf erschien sie mit Mantel und Stiefeln angezogen wieder. „Hans, ich gehe jetzt den Doktor holen. So geht es nicht weiter.“ Hans war in einen unruhigen Schlaf gefallen und hörte sie nicht. Der Doktor hatte noch Sprechstunde. Seine Frau, die in der Praxis half, hörte sich Luises Bericht mit ernster Miene an und versprach, ihren Mann so bald wie möglich vorbeizuschicken. Der Doktor kam am Nachmittag, als das Fieber bei Hans gerade wieder zu steigen begann. Er hörte ihn lange ab und sagte dann: „Frau Schmich, Ihr Mann hat eine verschleppte Bronchitis. Das ist nicht ungefährlich, das möchte ich Ihnen offen sagen. Er braucht jetzt vor allem Ruhe und ausreichend Flüssigkeit. Ich lasse Ihnen noch einen Kräutersaft da, den Sie ihm dreimal täglich geben. Dazu machen Sie die Brustwickel weiter, so oft es geht. Mehr können wir nicht tun.“ Luise sah bekümmert drein, denn ihr war klar, dass die Erkrankung ihres Mannes alles andere als harmlos war. „Machen Sie sich nicht zu viele Sorgen. Ihr Mann ist noch jung, der kommt schon wieder auf die Beine.“ „Vielen Dank, Herr Doktor“, sagte Luise. Hoffentlich behält er recht, dachte sie bei sich. Dann fing sie an, etwas aufzuräumen und das

Abendessen zurechtzumachen. Danach badete sie mit Annas Hilfe die beiden Kinder. Erst kam Trudel an die Reihe, dann Rolf. Der Kleine saß vergnügt im warmen Wasser und spielte mit seiner Gummiente, so dass Luise ein wenig abgelenkt war. Als die beiden im Bett lagen, schaute sie noch einmal nach Hans. Das Fieber war so hoch wie noch nie. Noch einmal erneuerte sie ihm die Wadenwickel in der Hoffnung, ihm ein wenig Linderung zu verschaffen. Aber Woche um Woche verging, ohne dass sich an Hans′ Zustand etwas änderte. Er schien jetzt beim Atmen ständig Schmerzen zu haben. Der Doktor, der jeden zweiten Tag nach ihm schaute, hatte Tropfen zum Schmerzstillen dagelassen. Wenigstens das konnte sie für Hans tun. Inzwischen nahm er nur noch Tee zu sich, den sie ihm löffelweise einflößte. Weihnachten kam und ging. Luise war nicht nach Feiern zumute. Den Kindern zuliebe hatte sie ein kleines Bäumchen geschmückt und mit Anna ein paar Lieder gesungen. Die Kinder bestaunten den Baum mit den vielen Kerzen und den goldfarbenen Kugeln. Rolf durfte ein Bilderbuch auspacken, für Anna hatte sie einen hübschen Schal gehäkelt. Sie selbst hatte aus Langenbrücken ein Päckchen mit Speck und Kaffee bekommen. Von Anna gab es ein Heiligenbildchen fürs Gesangbuch. Darauf war der Hl. Vitus, der Kirchenpatron der Langenbrücker Pfarrkirche zu sehen. Mit verklärtem Blick und rosigen Wangen stand er scheinbar unversehrt in einem Topf mit siedendem Öl, in dem er wegen seines Glaubens gemartert worden war. „Vielen Dank für das Bild, Anna“, meinte Luise. „Es ist schön, gell?“, gab Anna eifrig zurück. „Ich bete auch jeden Tag zum Hl. Vitus, damit Ihr Mann wieder gesund wird.“ Luise, die sich mit ihren Anliegen meist ohne den

Umweg über Heilige direkt mit an den Herrgott wandte, nickte zustimmend. Es war bestimmt gut, wenn für Hans gebetet wurde. Außerdem war sie mehr als einmal froh, Anna bei sich zu haben.

Ende Januar sagte der Doktor zu Luise: „Wir sollten ihren Mann ins Krankenhaus bringen. Dort können sie ihn doch besser versorgen und Sie bekommen eine Pause und können mal wieder in der Nacht durchschlafen.“

„Aber in welches Krankenhaus sollen wir ihn denn bringen? Hier ist ja weit und breit keines?“, entgegnete Luise. „Am besten wäre es, wenn er nach Heidelberg in die Thorax-Klinik käme. Dort arbeiten die besten Ärzte. Sie werden sehen, im Handumdrehen ist ihr Mann wieder gesund. Danach noch eine Kur in Baden-Baden, und er ist wieder ganz der Alte.“ Von so viel Optimismus angesteckt, stimmte Luise zu. Sie telegraphierte mit Fritz und bat ihn, sie und die Kinder in der Mühle wohnen zu lassen, bis Hans wieder gesund wäre. Fritz gab Bescheid, dass sie selbstverständlich kommen könnten. Tags darauf fuhr ein Krankenwagen vor, der Hans nach Heidelberg brachte. Und Luise zog mit Anna und den Kindern wieder in der Mühle ein, wo Maria ihr zwei Kammern neben der Küche und der Schlafstube der Mutter hergerichtet hatte.

In Heidelberg war Hans gründlich abgehört, abgeklopft und auch geröntgt worden. Diese Untersuchungsmethode gab es bislang an nur wenigen großen Kliniken. Als Luise zur Besuchszeit im Krankenhaus eintraf, teilte der Arzt ihr die Diagnose mit, die Luise schwarz vor Augen werden ließ: “So wie ich das sehe, hat Ihr Mann eine Lungen- und beginnende Rippenfellentzündung. Wir behalten ihn erst einmal hier.“ Luise musste sich an der Wand abstützen, ihr schwindelte. „Es tut mir sehr leid, Frau Schmich. Wir können versuchen, mit Inhalieren und Rotlicht die Entzündung einzudämmen und geben ihm etwas Stärkeres gegen die schlimmen Schmerzen. Viel mehr können wir im Moment nicht tun." Luise nickte nur stumm und kämpfte gegen die aufsteigenden Tränen an. Hilflos saß sie an Hans´ Bett und hielt seine Hand. Zum Abschied gab sie ihm einen Kuss auf die fieberheiße Stirn. Hans lächelte mühsam. Als Luise später im Bett lag, konnte sie trotz ihrer Erschöpfung nicht gleich einschlafen. Aber dann sank sie in einen tiefen Schlaf, aus dem sie erst aufwachte, als Rolf an ihrem Bett stand und rief: „Mama, Rolf nicht müde!" Verschlafen blinzelte Luise ein paar Mal, bis sie richtig bei sich war. Dann fuhr sie aus dem Bett hoch. „Ja, Rolf, mein lieber Bub. Gut, dass du mich geweckt hast", rief sie und drückte dem Kleinen einen Kuss auf die Backe. „Da wollen wir schnell einmal nach Trudel sehen und Frühstück machen, nicht wahr?" So verging der Tag mit den üblichen Alltagspflichten, über die Luise nur froh war, da sie sich damit ablenken konnte. Am Nachmittag sollte Anna wieder auf die Kinder aufpassen, während Luise unterwegs war.

Die Mutter hatte sich ebenfalls angeboten, nach den Kindern zu sehen. Aber Luise bezweifelte, dass sie noch flink genug war, hinter Rolf herzulaufen. Der Mühlenhof war ein gefährlicher Ort für ein Kleinkind. Fahrzeuge und Viehgespanne kamen und gingen den ganzen Tag. Da konnte ein Kind schnell einmal unter die Räder kommen. So lebte Luise nicht nur in ständiger Sorge um Hans, sondern auch mit dem Unbehagen, beinahe täglich die Kleinen bei Anna zurückzulassen.

Hans ging es unverändert schlecht. Luise hielt ihm die

fieberheiße Hand und wischte ihm die Stirn mit einem kühlen Tuch ab. Hans schien wenig davon zu bemerken. Er sprach nicht mehr und reagierte kaum, wenn man ihn ansprach. Ab und an huschte ein winziges Lächeln über sein Gesicht. Bisweilen flößte Luise ihm mit einem kleinen Löffel etwas Tee ein Meist saß sie jedoch regungslos an seinem Bett und stand erst auf, wenn die Besuchszeit um war. Die sorgenvolle Miene von Dr. Brettschneider, dem Stationsarzt verhieß ebenfalls nichts Gutes. „Wir müssen abwarten", hieß es. „Vielleicht legen Sie einmal einen Tag Pause ein und kommen übermorgen erst wieder. Es ist für Sie doch eine Strapaze, jeden Tag von Langenbrücken hierher zu fahren, Frau Schmich. Und Ihre Kinder brauchen Sie auch." Luise verließ wie betäubt das Krankenhaus. Der Arzt hatte ja recht. Sie musste bei Kräften bleiben, allein der Kinder wegen. Außerdem wollte sie Anna nicht jeden Tag die Kinder überlassen. So blieb sie dann am nächsten Tag zu Hause. Am übernächsten Tag kam sie wieder, und so ging das etwa sechs Wochen lang. An manchen Tagen schien es Hans etwas besser zu gehen. Da war er bei Bewusstsein, konnte sogar etwas Suppe essen und fragte nach den Kindern. Aber dann verschlechterte sich sein Zustand wieder unaufhaltsam. Eines nachmittags Anfang März empfing sie Dr. Brettschneider und bat sie zu sich in das Arztzimmer. „Frau Schmich, Sie sind eine tapfere Frau und ich rede nicht lange um den heißen Brei herum. Die Entzündung hat sich noch einmal ausgeweitet. Ihr Mann hat jetzt auch eine Hirnhautentzündung. Wir rechnen offen gesagt mit dem Schlimmsten. Wenn die Kinder ihn noch einmal sehen sollen, sollten Sie sie besser heute als morgen noch einmal herbringen." Da war er also gekommen der Moment, wo der Arzt ihr sagte, dass es keine Hoffnung mehr gab. Sollte sie denn wirklich erst nach Hause fahren? Wenn sie jetzt heimfuhr, um die Kinder zu holen, konnte es sein, dass Hans in der Zwischenzeit starb. Außerdem hatte Hans inzwischen vollends das Bewusstsein verloren, was die Kinder womöglich sehr erschrecken würde. Am liebsten wäre es ihr, wenn sie bei ihm bleiben konnte. Aber einfach dableiben, ohne daheim Bescheid zu geben, war ja auch nicht gut möglich. Luise wusste nicht mehr weiter. Da machte der Arzt einen Vorschlag:" Was halten Sie davon, wenn wir in Langenbrücken anrufen und sagen, dass Sie hierbleiben. Haben Sie denn schon Telefon in der Mühle?"

„Ja", erwiderte Luise und war ihren tatkräftigen Brüdern dankbar, die zudem so modern eingestellt waren und schon vor einiger Zeit ein Telefon hatten anschließen lassen. Nach einer Weile kam der Doktor wieder: „So, alles erledigt. Dann können Sie bei Ihrem Mann bleiben" Luise nickte dankbar. „Danke", flüsterte sie. Kurz darauf kam eine Krankenschwester zu ihr und nickte ihr freundlich zu. „Jetzt können Sie beruhigt hierbleiben. Ich hole Ihnen etwas zum Abendessen, wenn Sie möchten und eine Decke für heute Nacht." „Danke, vielen Dank", antwortete Luise. „Schwester, da ist noch etwas. Mein Mann und ich sind katholisch. Ich hätte gerne die letzte Ölung für ihn. Ich weiß, unsere Regierung...". Luise brach ab, weil sie nicht wusste, wie sie es ausdrücken sollte, dass sie die Nazis für gottlose und gewissenlose Menschen hielt. Die Schwester hatte begriffen: „Ich weiß, was Sie meinen, Frau Schmich. Glauben Sie mir", und nun senkte sie die Stimme zu einem leisen Wispern, „für mich ist das manchmal ganz schön schwer hier auf der Station. Ich schicke jemanden nach dem Pfarrer." Der Pfarrer kam am späteren Abend. Er war schon älter und hatte wohl schon viel gesehen in seiner Amtszeit. Freundlich blickte er Luise an und sagte: „Es ist traurig, dass Ihr Mann so jung schon gehen muss, aber welchen Trost hätten wir denn ohne unseren Glauben? Sie werden sehen, wenn Ihr Mann das Sakrament empfangen hat, sind Sie beide gestärkt für alles, was kommt." Luise nahm kaum mehr wahr, was um sie herum geschah. Ihre Gedanken waren bei Hans, als sie beide noch jung und voller Leben waren. Damals in der Mühle, später dann in Freiburg und in Pforzheim, als ihr Leben zwar nicht einfach und behaglich, aber doch in Ordnung gewesen war. Als der Priester mit seiner kurzen Zeremonie fertig war, wirkte Hans tatsächlich ein wenig entspannter. Er hatte zuvor noch einmal Medikamente bekommen und schlief jetzt. Die Schwester brachte ein Butterbrot und eine Tasse Tee für Luise, sowie eine Wolldecke. Mit verstohlenem Lächeln zog sie außerdem einen Rosenkranz aus der Schürzentasche. „So, Frau Schmich, jetzt haben Sie erst einmal alles, was Sie brauchen. Aber lassen Sie den Rosenkranz nicht offen hier rumliegen. Und Sie haben ihn nicht von mir, nicht wahr?" Luise nahm ihr den Rosenkranz ab und erwiderte das Lächeln: „Bestimmt nicht. Danke, Schwester." Danach aß sie das Brot und stellte erstaunt fest, dass sie sehr hungrig war. Dazu trank sie den Tee. Danach begann sie, den Rosenkranz zu beten, wie sie es von ihrer Mutter schon als kleines Mädchen gelernt hatte. Mit der Decke über den Knien nickte sie schließlich ein.

Kapitel 11

Das Morgenlicht schob sich fahl durch das Fenster. Jemand rüttelte Luise sanft an der Schulter. Als sie aufwachte, bemerkte sie, dass ihr Oberkörper neben Hans auf das Bett gesunken war. Es war eine andere Krankenschwester, die ihre Frühschicht begonnen hatte, die sie geweckt hatte. Luise richtete sich auf und sah zu Hans hinüber. Er lag da mit einem so friedlichen Gesicht, wie sie ihn schon länger nicht mehr gesehen hatte. Sie betrachtete ihn genauer. „Ist er tot?“, fragte sie die Schwester, obwohl sie es schon sah. „Ja, Ihr armer Mann. Schauen, Sie nur, wie friedlich er eingeschlafen ist. Wenigstens das war ihm vergönnt. Mein Beileid, Frau Schmich. Ich lasse Sie noch einen Augenblick mit ihm allein.“ Damit ging sie zum nächsten Patienten. Luise bemerkte erst jetzt, dass der Rosenkranz oben auf Hans´ Bettdecke lag. Entweder hatte ihn die Schwester nicht bemerkt oder so getan, als würde sie ihn nicht sehen. Rasch schob Luise die Gebetskette in ihre Rocktasche. Sie würde ihn später zurückgeben. Dann nahm sie noch einmal die Hand von ihrem Mann, die schon kalt und fremd in der ihren lag und streichelte sie. Die ganze Zeit über hatte sie sich das Weinen an seinem Bett verboten. Aber jetzt flossen die Tränen, und es war ihr egal, ob es jemand mitbekommen könnte. Warum? ging es ihr durch den Kopf. Warum nur hatte Hans sterben müssen und nicht einfach wieder gesund werden können? Was sollte sie denn jetzt tun, wie weiterleben ohne ihn? Und die Kinder? Sie hatten jetzt nur noch sie, doch wo sollte sie hin mit ihnen? Heim zur Mühle! Das war der einzige klare Gedanke, den sie fassen konnte. Eine Zeit später kamen zwei kräftige Krankenpfleger und meinten: „Wir müssten Ihren Mann jetzt mitnehmen. Wenn Sie sich dann von ihm verabschieden würden." Luise stand auf und küsste ihren Mann ein letztes Mal auf die Wange. Dann ging sie aus dem Krankensaal, ohne sich noch einmal umzudrehen. Auf dem Flur stand die Krankenschwester. „Warten Sie, ich brühe Ihnen einen Malzkaffee auf, der wird Ihnen guttun. Kommen Sie mit mir ins Schwesternzimmer. Danach rufen wir Ihnen ein Taxi zum Bahnhof. Sie sollten in ihrem Zustand nicht noch Bus fahren oder gar zu Fuß gehen." Luise nahm dankbar den Kaffee, ein Taxi wollte sie nicht. Aber Dr. Brettschneider, der auch seinen Dienst angetreten hatte, bestand darauf. Er drückte der Schwester einen Geldschein in die Hand und sagte: „Kümmern Sie sich um Frau Schmich." Luise ließ es geschehen, bedankte sich beim Arzt und der Schwester und stieg schließlich in das Taxi und fuhr dann mit dem Zug nach Langenbrücken. Den Rosenkranz hatte sie im Krankensaal gelassen, sollten doch die Nazis unter den Ärzten denken, was sie wollten.

Der Fußweg vom Bahnhof zur Mühle tat Luise gut. „Mama", rief es und Rolf kam auf seinen kurzen Beinchen angelaufen. Luise hob ihn hoch und drückte ihn fest an sich. „Rolfle, schau, die Mama ist wieder da", rief sie. „Wir wollen auch gleich nach der Trudel schauen." Trudel lag auf einer Decke in der Küche und spielte zufrieden mit einem Holzpferdchen. Als sie die Mutter sah, lachte sie sie an. Da wurde es Luise für einen Moment leichter ums Herz. Sie hob Trudel hoch und gab beiden Kindern einen Kuss auf den Scheitel. Anna kam angelaufen und hinter ihr die Mutter, die Luise bekümmert ansah. „Mein armes Kind", sagte sie und strich ihr über den Arm. Anna konnte die Tränen nicht zurückhalten und drückte Luise stumm die Hand. „Danke, Anna, fürs Kinderhüten und für alles!"

„Ach, Frau Schmich, das hab ich doch gern für Sie gemacht. Und die beiden sind wirklich liebe Kinder. Es ist gar nicht mühsam, auf sie aufzupassen."

Luise setzte sich auf einen Stuhl in Mutters Küche und blieb dort eine lange Zeit sitzen. Anna brachte ihr einen Malzkaffee und ein Marmeladenbrot. „Hier, essen Sie mal was." Fritz, Maria und Rudolf waren dazugekommen und drückten Luise stumm die Hand.

Nach dem Essen, das die Mutter und Anna gekocht hatten, legte Luise die Kinder zum Mittagsschlaf hin. Als Rolf vom Mittagsschlaf aufwachte, saß er in seinem Bettchen und blickte die Mutter aus seinen wachen Augen an. „Papa auch da?" Da war sie, die Frage, auf die Luise schon gewartet hatte. Luise nahm Rolf aus seinem Bett, setzte sich mit ihm auf dem Schoß auf einen Stuhl. „Nein, Rolfle. Der Papa ist jetzt beim lieben Gott. Dort muss er nicht mehr krank sein." „Nicht mehr krank?", echote Rolf. Er konnte wohl nichts so recht mit dieser Auskunft anfangen, sah aber die feuchten Augen seiner Mutter und verzog ängstlich sein kleines Gesicht. Da beeilte sich Luise zu sagen: „Ja, jetzt tut ihm nichts mehr weh. Er ist bei den lieben Engelein, die sind gut zu ihm." Mit dieser Antwort war Rolf nun vorläufig zufrieden, stimmte mit einem „Ja" zu und kletterte von Luises Schoß. Dann lief er hinüber zu Trudels Gitterbett. Die Kleine war inzwischen ebenfalls wach geworden. „Papa Engelein", teilte Rolf seiner Schwester mit. Trudel schmunzelte, weil sie den geliebten Bruder und ihre Mutter wieder bei sich hatte. Das genügte ihr vollauf.

Am nächsten Tag telefonierte Fritz wegen der Überführung von Hans. Er sollte in Langenbrücken beerdigt werden, weil Luise nicht wusste, wo sie ihn sonst begraben lassen sollte. Zudem bot Fritz ihr an, bis auf weiteres in der Mühle unterzukommen, sobald sie aus dem Forsthaus rausmusste. Das Forstamt hatte es wohl sehr eilig, die Stelle von Hans wieder zu besetzen und teilte Luise mit, dass die Wohnung binnen sechs Wochen geräumt werden müsse. Luise war alles egal. Sie wollte nur noch weg von Hardheim, weg von den bedrückenden Erinnerungen. Rudolf beauftragte eine Möbelspedition für den Umzug, der bald nach der Beerdigung stattfinden sollte. Der Sarg mit Hans sollte vor der Beisetzung am Wegekreuz zur Herdstraße in Langenbrücken aufgebahrt werden, da Hans keinen Wohnsitz in Langenbrücken gehabt hatte. Drei Cousinen von Luise hatten die Aufbahrung in die Wege geleitet und das Kreuz sowie den Sarg mit etwas Blumenschmuck und Tannengrün hergerichtet. Viele Blumen gab es im März noch nicht, aber die drei Frauen hatten getan, was sie konnten. Am Nachmittag, bevor der Sarg eintreffen sollte, kreuzte Ortsgruppenleiter Schumacher bei Luises Cousine Hilda auf. Wichtigtuerisch teilte er ihr mit, dass der Sarg von zwei SA-Leuten bewacht würde, bis am anderen Tag die Beisetzung stattfinden würde. Hilda mochte Herrn Schumacher nicht und war überzeugt, dass eine Wache aus SA-Leuten Luise zuwider war. Dennoch schien es ihr vernünftig, und so stimmte sie zu, zumal man dem Ortsgruppenleiter sowieso besser nicht widersprach. Tags darauf wurde Hans auf dem Friedhof von Langenbrücken beigesetzt. Zunächst hatte eine kurze Andacht mit der Einsegnung am Kreuz stattgefunden. Dankbar sah Luise, wie liebevoll die Cousinen alles hergerichtet hatten. Dann kam der Leichenwagen und der Trauerzug setzte sich Richtung Friedhof in Bewegung. Wie schon zu Vaters Beisetzung so kamen auch zu Hans´ Beerdigung neben zahlreichen Verwandten viele Leute, die ihm die letzte Ehre erweisen wollten. Auch Kollegen, sein Vorgesetzter und etliche Freunde aus der Schul- und Studienzeit waren gekommen. Hans war beliebt gewesen. Das hörte Luise aus den zahllosen Beileidsbekundungen heraus. Dass er noch so jung gewesen war, vergrößerte noch die Anteilnahme.

Noch ein letztes Mal fuhr Luise nach Hardheim, um den Umzug vorzubereiten. Die Kinder waren mit Anna in der Mühle geblieben. Wie in Trance packte sie alles zusammen, betäubt vom Schmerz um ihren geliebten Hans. Sie fühlte sich ausgelaugt und zum Sterben müde, und doch fand sie nachts keinen ruhigen Schlaf. Der Gedanke an ihre Kinder war das Einzige, was sie daran hinderte, morgens im Bett liegen zu bleiben und nicht wieder aufzustehen. Für sie musste sie stark sein und von nun an allein für sie sorgen, so gut es eben ging. Ihr Geld würde jedenfalls sehr knapp sein, da sie für Hans noch kaum Pension bekam.

Kapitel 12

Luise nahm nach und nach das Leben in der Mühle wieder auf, so gut sie konnte. Fritz′ Familie hatte den Hauptanteil des Wohnraums. Luise teilte sich mit der Mutter und ihren Kindern die kleine Küche sowie die beiden Kammern. In der einen hatten sie zu Mutters Bett das Kinderbettchen für Trudel aufgestellt. Sie und Rolf schliefen in der zweiten Kammer, die eigentlich als Mutters Wohnstübchen gedacht war. Anna war wieder nach Hause zurückgekehrt, da Luise sie nicht mehr bezahlen konnte. Bald darauf stellten Hugo und Friedel sie als Kindermädchen ein. So blieb das liebe Mädchen wenigstens in der Familie. Luise hatte die lange Krankheitsphase und den Umzug zur Mühle mit der Aufbietung ihrer letzten Kräfte durchgestanden. Nun war sie völlig erschöpft. Es gab Tage, wo es halbwegs ging. An anderen Tagen fand sie kaum die Kraft auch nur aufzustehen, geschweige denn viel zu arbeiten oder sich mit den Kindern zu beschäftigen. Da las sie eines Tages in der Zeitung von der Heilkraft der Natur und den Selbstheilungskräften des Menschen. Es war eine Anzeige eines Homöopathen aus Freiburg, der Präparate anbot, die Leib, Geist und Seele wieder in Einklang bringen sollten. Das ging Luise nicht mehr aus dem Kopf und sie beschloss, dem Mann einen Brief zu schreiben, in dem sie ihre Situation schilderte. Der Heilpraktiker antwortete sehr liebenswürdig und empfahl ihr zwei Medikamente. Das eine sollte ihr wieder Energie geben und das andere sie besser schlafen lassen. Luise kratzte ein wenig Geld zusammen und bestellte sich die Sachen. Ihren Geschwistern sagte sie nichts davon. Sie hatte keine Kraft für irgendwelche Diskussionen darüber, ob diese Medikamente auch helfen würden. Tatsächlich ging es Luise einige Wochen, nachdem sie die Arznei bekommen hatte, deutlich besser. Die Trauer war nicht verschwunden. Aber sie hatte genügend Energie gewonnen, um ihr Leben wieder in die Hand zu nehmen.

Über den Sommer, wo man sich viel draußen im Hof oder im Garten aufhalten konnte, waren die beengten Verhältnisse in der Mühle noch auszuhalten. Aber auf dem Hof war die Gefahr groß, dass eines der Kinder einmal von einem der zahlreichen Fuhrwerke, die täglich kamen und gingen, überfahren würde. Marias Kinder spielten deshalb oft in der großen Küche oder im Garten. Als es Herbst wurde, sagte Luise zur Mutter: „Ich werde mir eine Wohnung suchen, Mutter. Über Winter können wir nicht mehr alle zusammen hier wohnen bleiben."

„Aber was wird aus mir?", entgegnete die Mutter. „Bei dir fühle ich mich doch am wohlsten. Kann ich nicht mitkommen?" Luise schaute bedenklich: „Dann brauchen wir ja noch ein Zimmer mehr. Ich weiß nicht, ob wir so eine große Wohnung im Dorf finden können." Die Mutter erwiderte nichts und sah schweigend vor sich hin. „Ich werde sehen, was sich machen lässt", meinte Luise ausweichend, obwohl sie bereits wusste, dass sie die Mutter auf jeden Fall mitnehmen würde, wenn diese es so sehr wünschte. Dann gestand ihr Rudolf, dass er auch gerne mit ihr kommen wollte. „Aber Rudolf, bleib doch in der Mühle. Dort gibt es jetzt Platz, wenn Mutter und ich erst einmal weg sind."

„Ja, schon", entgegnete ihr Bruder, „aber bei dir ist es doch am schönsten. Ich bin so froh, dass du wieder da bist." Erstaunt sah Luise ihren jüngsten Bruder an. Er war ein geschickter Händler und konnte bisweilen auch große Töne spucken, aber plötzlich war er doch wieder ihr kleiner Bruder. „Also gut“, seufzte sie, „dann komm halt mit.“ Dann schmunzelte sie: “Irgendwo werden wir dich noch dazu stopfen.“

Im November zog die kleine Familie in den ersten Stock des Hauses von Frau Rickard in der Bahnhofstraße. Die alte Frau vermietete die Wohnung nur, weil sie das Geld dringend brauchte. Ihr Mann, der kürzlich gestorben war, hatte ihr nur eine kleine Rente hinterlassen. Den Garten, der zum Haus gehörte, konnte sie wegen ihrer starken Arthrose, nicht bewirtschaften, so dass er ziemlich verwildert dalag. Bald nach dem Einzug grub Luise das Land um, damit sie im Frühjahr etwas würde anbauen können. Frau Rickard hatte neun erwachsene Kinder, die sich jedoch alle wenig um die Mutter scherten. Im Grunde war sie eine bedauernswerte Person, die es Luise jedoch herzlich schwer machte, sie auch nur ein bisschen zu mögen. In stetem Wechsel klagte sie über das Wetter, ihre Schmerzen, die Nachbarn und über Luises Kinder. Anfangs hatte sich Luise noch bemüht, mit ihr in einen guten Kontakt zu kommen, doch bald gab sie es auf und versuchte, ihr so gut es ging, aus dem Weg zu gehen. Sobald aber Luise mit den Kindern das Haus betrat, steckte die Vermieterin den Kopf zur Tür und schimpfte: „Dass mir die Kinder nur ja nicht wieder so im Treppenhaus herumschreien!“ Ein anderes Mal keifte sie: „Der Rolf kann wohl nicht normal herumgehen. Der trampelt mir noch die Treppe kaputt und oben ein Loch in den Boden!“ Luise kochte vor Wut und zog eilig die verängstigten Kinder die Treppe hoch. So eine dumme Person, dachte sie bei sich. Wie soll denn ein Kind von knapp drei Jahren eine Treppenstufe kaputt machen? Oben in der Wohnung angekommen, schloss sie auf und schob die Kinder hinein, so schnell es ging. Rolf fragte dann meist: „Wieso schimpft die Frau?“ Denn er war sich keiner Schuld bewusst, hatte er doch bloß ein wenig mit seiner Mutter geplaudert und war auch von ihr nicht ermahnt worden. „Ach Rolf, wenn ich das wüsste.“

Kurz nach ihrem Einzug hatte Luise Ableger von Erdbeeren von Maria bekommen, die sie in den Garten setzte. Im Mai des darauffolgenden Jahres waren die Beeren reif. Frau Rickard, die sich sonst nicht um den Garten scherte, hatte das wohl von ihrem Fenster aus gesehen. Als Luise mit den Kindern die ersten Beeren pflücken wollte, ging oben die Tür zum Garten auf und die alte Frau kam gelaufen. „Das sind meine Erdbeeren, nicht ihre!“ Luise blieb der Mund offenstehen, so verblüfft war sie über diese Dreistigkeit. Mühsam beherrscht brachte sie hervor: „Frau Rickard, diese Erdbeeren habe ich gepflanzt, gedüngt und gegossen, so wie alles hier im Garten. Ich gebe Ihnen gerne was davon ab. Aber ein Teil der Beeren gehört uns. Die Kinder freuen sich schon die ganze Zeit darauf!“ „Die Kinder, die Kinder, als ob das wichtig wäre, was die wollen!“, ereiferte sich ihre Vermieterin. Aber Luise blieb entschlossen. „Meinetwegen gebe ich Ihnen die Hälfte von den Beeren ab. Die andere Hälfte ist für uns und dabei bleibt es.“ Damit ließ sie sie die alte Frau stehen und begann zu pflücken.

Zurück in der Wohnung rief Luise nach ihrer Mutter. „Setz dich einmal her zu mir. Ich möchte dir etwas sagen: Wir bauen ein Haus. Es reicht mir mit Frau Rickards Benehmen!“

„Du willst was?“, antwortete Rudolf einige Tage später, als sie ihm von ihren Plänen berichtete. „Wie willst du das denn machen? So viel Geld hast du doch gar nicht?“

„In der Bahnhofstraße weiter oben gibt es Baugrundstücke, die nicht zu teuer sind. Mit der Lebensversicherung von Hans und noch etwas Pflegegeld für Mutter wird es gehen. Außerdem muss ich mir Bauleute suchen, die ich bezahlen kann. Vielleicht kann ich noch ein Gartenstück dazu pachten. Dann kann ich uns alle überwiegend selbst versorgen.“ Nachdem sie sich umgehört hatte, fand sie drei Maurer, die schon in Rente waren, jedoch für weniger Geld noch gute Arbeit zu leisten bereit waren. Auch der Architekt Blechhammer aus dem Dorf war bereit, ihr im Preis entgegenzukommen. Sand und Kies bekam sie ebenfalls zu einem fairen Preis. Man kannte und schätzte die Mühlenleute. Luise, die so früh verwitwet war und sich so tapfer mit ihren Kindern durchbrachte, half man obendrein gerne. Rudolf würde auch ins neue Haus mit einziehen. „Schau, Lulu, dann hast du einen Mann im Haus. Ich kann dir mit manchen Arbeiten helfen und ich bezahle dir auch weiterhin Miete.“ Luise wusste nicht recht, was sie dazu sagen sollte. Es war nicht so, dass sie Rudolf nicht mochte. Er war ihr kleiner Bruder, der sich seinen Platz neben Fritz und Hugo mühsam hatte erkämpfen müssen. Es war nur so, dass Rudolf so unruhig war. Ständig fiel ihm etwas Neues ein, das er probieren wollte. Seinen Mehlhandel betrieb er zielstrebig, so dass er entsprechend gut lief. Er hatte jetzt einen Sackträger und einen Fahrer eingestellt und somit seinen Handel auf die weitere Umgebung von Langenbrücken ausgedehnt. „Einverstanden, Rudolf. Du kannst mit einziehen“, entschied Luise.

So begann im Herbst 1936 der Bau und damit eine weitere Zeit in Luises Leben, wo sie vor Arbeit nicht ein und aus wusste. Jeden Tag ging sie zur Baustelle, besah die Fortschritte, machte sauber und ließ sich sagen, welche Materialien gebraucht wurden, die sie dann bestellte. Sie arbeitete bis zum Umfallen von früh bis spät, aber die Aussicht auf ein eigenes Haus, in dem ihre Kinder geborgen aufwachsen konnten, trieb sie an.

Die Dauerbelastung hinterließ jedoch auch dieses Mal Spuren. Luise fühlte sich oft schon morgens müde und erschöpft. Abends konnte sie oftmals nicht einschlafen, obwohl sie sich völlig zerschlagen fühlte. Der Hausarzt Dr. Bach konnte ihr nicht helfen. „Sie müssten sich mehr schonen, Frau Schmich. Ich weiß ja, dass das schwierig ist. Aber auf Dauer schaffen sie dieses Pensum nicht.“ Dann hörte Luise von einem Heilpraktiker aus Bruchsal, den sie aufsuchte. Bei ihm konnte sich Luise aussprechen, konnte sich Dinge von der Seele reden, über die sie sonst nicht sprach. Allein diese Gespräche, die stärkenden Mittel, die er ihr gab, und die Aussicht auf das Wohnen im eigenen Haus sorgten dafür, dass es ihr nach und nach wieder besser ging. Sie fühlte sich zunehmend wieder energiegeladener und sah voll Freude einem neuen Lebensabschnitt entgegen.

Wenn Luise auf dem Bau war, blieben die Kinder derweil meistens in der Obhut der Großmutter. Dank der Tante Trudel aus Amerika hatten die beiden zwei ganz besonders schöne Spielsachen, die heiß geliebt wurden. Die kleine Trudel hatte einen Puppenwagen, den sie unermüdlich herumschob, und Rolf hatte eines Tages ein Dreirad bekommen, in diesen Zeiten war das schon eine kleine Sensation.

Außerdem hatte er einen hölzernen Hund, den man an einer Schnur hinter sich herziehen konnte und dessen Kopf durch einen Mechanismus auf und nieder wippte. Beide Kinder liebten diesen Hund und taten, als sei er echt, gaben ihm in einem Schälchen zu trinken und streichelten ihn. Luise nahm sich vor, dass die Kinder einen echten Hund bekommen sollten, sobald sie einmal im Haus wohnten. Auch Rolfs Patenonkel Rudolf, Ruddel genannt, brachte zu Rolfs Geburtstag immer schöne Geschenke mit. Zeit für Besuche hatte er kaum, da er wie sein Bruder Arzt war und eine eigene Praxis besaß.

Im Sommer des darauffolgenden Jahres zog die Familie in ihr neues Heim. Die Kinder sollten während des Umzugs bei Hans´ Mutter in Bruchsal bleiben. Bereits nach drei Tagen klingelte es, und die Schwiegermutter stand mit den Kindern an der Hand in der Tür. „Aber Schwiegermutter, was macht ihr denn schon wieder hier?“, rief Luise verwundert. Mit einem Jubelschrei rissen sich Rolf und Trudel los und rannten ihrer Mutter in die Arme. „Auf deine Kinder kann man nicht aufpassen, Luise. Sie wollten nicht schlafen, nicht an meiner Hand spazieren gehen und gegessen haben sie auch kaum“, beschwerte sich die Großmutter. Luise schaute verlegen auf ihre Schuhspitzen. „Das tut mir leid zu hören. Na ja, sie sind die Stadt nicht gewohnt und hatten wohl Heimweh.“ Die Schwiegermutter war verschnupft. „Heimweh, dass ich nicht lache! Du verziehst die beiden, das ist alles.“ Luise erwiderte nichts. Ihre Kinder mussten weiß Gott auf Manches verzichten. Da musste man nicht noch zu streng mit ihnen sein. Aber vielleicht waren sie zu sehr auf sie fixiert? Wie sollte es aber auch anders sein? Es war nun einmal außer ihr und der

Mutter niemand anderes für sie da. „Trotzdem vielen Dank, dass du es die Tage mit ihnen versucht hast. Wir haben das meiste schon geschafft. Möchtest du ein paar Tage hierbleiben? Dann sind die Kinder in ihrer gewohnten Umgebung und du könntest hier ein wenig auf sie aufpassen?" Die Schwiegermutter willigte ein. Maria richtete ihr einen Schlafplatz her. So konnte Luise mit Hilfe ihrer Brüder den Einzug zu Ende bringen.

Kapitel 13

Mit dem Einzug ins Haus war viel Last von Luise gefallen. Endlich war sie ihr eigener Herr und nicht mehr von der Willkür anderer abhängig. Dazu war das Haus geräumig und bot genügend Platz für alle. Vielleicht würde sie später einmal eines der Zimmer vermieten können. Luise hatte außerdem alles nach dem neuesten Stand eingerichtet. Es gab ein eigens eingerichtetes Bad, Toiletten mit Wasserspülung, eine Dampfheizung und einen elektrischen Herd. Somit würde ihr das mühsame Beschaffen und Zerkleinern von Brennholz erspart bleiben. Luise dachte daran, wie leicht ihr diese Arbeit in ihren jungen Jahren gefallen war. Aber das lag über zwanzig Jahre zurück, so vieles war inzwischen geschehen. Sie wusste, dass sie mit ihren Kräften haushalten musste. Zudem gab es im Garten, in dem sie nun nach Herzenslust Obst und Gemüse anbauen konnte, fast täglich zu tun. Als die Kinder das Haus zum ersten Mal betraten, schauten sie sich mit großen Augen um. „Oh, das Haus ist aber groß!“, rief Trudel und begann von Zimmer zu Zimmer zu laufen. Rolf lief hinterher. Luise war unten in der Küche geblieben und hörte, wie die beiden von Zimmer zu Zimmer rannten und lautstark ihre Begeisterung kundtaten. Schließlich kamen die beiden die Treppe herunter zurück in die Küche. „Mutter, bleiben wir jetzt immer hier?“, fragte Rolf und seine Augen leuchteten. „Ja, das tun wir“, antwortete Luise lächelnd. „Kann Frau Rickard dann nicht mehr schimpfen?“ „Nein, hier kann sie nicht mehr schimpfen, weil ich sie nicht reinlasse!“, rief Luise übermütig und breitete die Arme aus. Da kletterten Trudel und Rolf ihr gleichzeitig auf den Schoß und umarmten sie.

Für Luise und die Kinder begann nun eine glückliche Zeit. An den Sonntagen lud Luise gerne ihre Verwandtschaft ein. Oft kam Hans´ Mutter zu Besuch. Dem Mittagessen schloss sich meistens ein Gang auf den Friedhof an. Die Kinder standen dann still am Grab ihres Vaters und sprachen ihre Gebete. Es war schwer für sie, sich den Vater lebendig vorzustellen, obwohl die Mutter und auch die Großmutter oft von ihm sprachen.

Manchmal kamen auch Onkel und Tanten mit den gleichaltrigen Cousins und Cousinen. Diese Besuche waren schon eher nach dem Geschmack der Kinder. Rudolf fühlte sich sehr wohl als Mitglied der Familie. Um sich bei Luise erkenntlich zu zeigen, lud er ab und zu „die Bagage“, wie er sie nannte, zu Ausflügen mit seinem Auto ein. Auf dem Beifahrersitz thronte die Großmutter Kramer. Sie saß immer kerzengerade und trug eine stolze Miene zur Schau. Es war ihr wohl immer etwas mulmig beim Autofahren, was sie aber niemals zugegeben hätte. Auf der Rückbank saßen Luise und die Kinder. Auf diese Weise kamen sie zu Verwandten, die weiter weg wohnten, aber auch einmal zum Karlsruher Zoo. Die Kinder bestaunten die Tiere dort und fanden sie herrlich. Nur zu den Elefanten wollte Trudel partout nicht. „Ich hab selber einen Elefanten. Ich brauch die hier nicht angucken“, rief sie trotzig. „Aber Trudel. Deiner ist nur aus Holz und die hier sind echt. Jetzt schau halt mal hin“, versuchte Luise sie zu beschwichtigen, da ihr Trudels Benehmen peinlich war. Aber Rudolf lachte nur, nahm Trudel Huckepack und meinte: „Ich trag dich ein Stück. Wenn du die Elefanten nicht sehen willst, dann guckst du eben auf meinen Rücken.“

Ein anderes Mal ging es nach Heidelberg und hoch zum Schloss. Aber der Ausflug, der für Luise zum Höhepunkt alles bisher Erlebten wurde, war ein Besuch der Theateraufführung von „Wilhelm Tell“ bei den Freilichtspielen in Ötigheim. Luise war Rudolf sehr dankbar und genoss den Ausflug in vollen Zügen. Auch die Kinder waren begeistert, obwohl sie der Handlung noch nicht ganz folgen konnten. Tagelang sprachen sie von nichts anderem mehr. Rudolf freute sich, dass seine Überraschung so gut gelungen war.

Die beiden Kinder freundeten sich bald mit den Nachbarskindern an. Oft tobte eine ganze Horde durch den Garten. Luise störte das nicht, solange die Kinder nicht durch die Beete rannten. Manchmal spielten die Kinder auch auf der Straße. Zwei Häuser weiter war eine große Baugrube ausgehoben worden. Diese Grube, von den Anwohnern „Loch“ genannt, wurde zum Lieblingsspielplatz der Kinder. Luise sah das nicht gerne. Sie fand es gefährlich, wenn die Kinder dort spielten. Aber Rudolf beschwichtigte sie: „Komm, Lulu, wir sind in der Mühle groß geworden. Das war viel gefährlicher.“ Eines Tages aber, als Luise gerade dabei war, das Mittagessen vorzubereiten, klingelte es an der Haustür Sturm. Als sie aufmachte, stand Rolf völlig aufgelöst vor ihr. „Mutter, komm schnell mit zum „Loch“, der Erich ist verschüttet. Erich war ein etwas älterer Nachbarsjunge, der immer etwas zu graben und zu bauen hatte. Lulu rief noch im Laufen der Großmutter zu, sie solle eine Schaufel zum „Loch“ bringen. Tatsächlich war Erich unter einem beträchtlichen Berg Erde begraben. Ein anderer Nachbarsjunge hatte bereits angefangen, Erichs Kopf frei zu graben. Rasch fing Luise an, mit bloßen Händen die

Erde wegzuschaufeln. Das war kein leichtes Unterfangen, da von der Grubenwand immer wieder neue Erde nachrieselte. Luise arbeitete wie besessen, und nach einer kleinen Weile guckten Erichs Kopf und die Schultern heraus. Die Großmutter hatte inzwischen die Schaufel gebracht, so dass Luise nach und nach den restlichen Körper des Jungen ausgraben konnte. Erich hustete und spuckte, aber er war unversehrt. Luise half ihm beim Aufstehen und klopfte ihm die Erde ab, so gut es ging. „So Kinder, geht jetzt nach Hause. Es ist ja noch einmal gut gegangen.“ Erich stand noch immer unter Schock. Außer einem gestammelten: „Danke, Frau Schmich“, brachte er nicht viel heraus. Sein Freund begleitete ihn nach Hause. Luise nahm ihre beiden an der Hand und ging mit ihnen ins Haus. Drin merkte Luise erst, unter welcher Anspannung sie gestanden hatte. Ihre Knie wurden weich und drohten unter ihr nachzugeben. Wenn das nun Rolf passiert wäre und wenn sie nicht rechtzeitig hätte helfen können? Die Großmutter brachte Luise ein Glas Wasser. „Setz dich her, Luise, und trink. Das wird dir guttun.“

„Danke, Mutter.“ Luise nahm dankbar das Glas entgegen, überrascht von der ungewohnten Fürsorglichkeit ihrer Mutter. Daran sah sie, dass der Vorfall auch die Großmutter ganz schön mitgenommen hatte. Rolf und Trudel verbot Luise streng, jemals wieder im „Loch“ zu spielen.

Kapitel 14

Die Zeit verging, und die Kinder wuchsen heran. Luise bewirtschaftete den Garten, hielt das Haus in Ordnung und versorgte die Mutter und die Kinder. Sie kümmerte sich wenig um die Politik im Land, da sie damit beschäftigt war, über die Runden zu kommen. Die Mutter, die mehr Zeit hatte als Luise, las jeden Tag die Zeitung von vorn bis hinten. Dabei las sie oft Abschnitte laut vor und kommentierte, was ihr besonders interessant, oder aber ärgerlich und empörend erschien. Luise konnte sie ermahnen, so oft sie wollte. „Mutter, leise! Doch bitte nicht vor den Kindern!“ Aber die Mutter störte sich nicht an Luises Einwänden. So geschah es, dass sie einmal den Reichsfeldmarschall Göring lautstark als „Bluthund“ bezeichnete. Rolf, der dabeigesessen hatte, machte tellergroße Augen. „Großmutter, ist das so was wie ein Wolf? Etwa so wie beim Rotkäppchen?“

„Ja, ganz recht, so einer ist das“, bekräftigte die Großmutter und nickte. „Nein, nein Rolf, das stimmt nicht. Das hat sich die Großmutter nur so ausgedacht. Du musst das ganz schnell wieder vergessen“, wiegelte Luise ab. Aber die Worte hatten doch einen tiefen Eindruck auf das Kind gemacht, wie sich kurz darauf herausstellen sollte.

Rolf war jetzt vier Jahre alt und schon sehr verständig und zuverlässig für sein Alter. Nicht weit von ihrer Wohnung war ein Lebensmittelladen, in dem Luise regelmäßig einkaufte. Frau Züntelmaier, die den Laden führte, war eine zierliche Frau in den Fünfzigern. Rolf war ihr besonderer Liebling. Er durfte schon allein kleine Besorgungen wie etwa Hefe oder dergleichen machen. Dazu trug er der

Krämerin seinen Wunsch vor und gab ihr das Geld, das die Mutter ihm zuvor in einen kleinen Geldbeutel gezählt hatte. Dann packte er sorgsam seinen Einkauf und den Geldbeutel in eine Tasche und lief nach Hause. So war es auch an einem trüben Dezembertag. Luise wollte Plätzchen backen und hatte Rolf zum Einkaufen geschickt, da der Zucker fast alle war. Rolf brachte die Tüte mit dem Zucker und Luise buk ein Blech Spritzgebäck. Am Abend läutete es an der Haustür. Luise machte auf und sah zu ihrem Erstaunen Frau Züntelmaier an der Tür stehen. „Guten Abend, Frau Schmich. Kann ich Sie kurz sprechen?"

„Ja, natürlich. Um was geht es denn?", wollte Luise wissen. Frau Züntelmaier sah sich um, sie wirkte ängstlich dabei. „Es ist besser, wir sprechen drin weiter." Luise wurde blass: „Ja, um Gottes Willen! Hat Rolf etwas angestellt oder kaputt gemacht?"

„Nein, nein, es geht um was anderes."

„Mutter", rief Luise in die Küche, „nimm Trudel und geh mit ihr rüber in die Wohnstube. Stell jetzt bitte keine Fragen. Ich erkläre dir nachher alles! Rolf, du bleibst in der Küche." Dann setzte sie sich mit der Frau an den Küchentisch. „Hier, trinken Sie mal einen Schluck Wasser. Und jetzt erzählen Sie mir, was los ist." Frau Züntelmaier schaute sich noch einmal um, als ob jemand hinter ihr her sei. Dann räusperte sie sich und begann leise zu sprechen: „Also, der Rolf kam wie immer in den Laden. Er grüßte artig und stellte sich in die Schlange, weil noch zwei Kundinnen vor ihm waren. Bis dahin war noch alles in Ordnung. Dann kam Frau Bredel an die Reihe, diese schwatzhafte Person, und verlangte einen Hering. Und wie ich ihr den Hering abwiege, sagt sie doch zu mir: Hering, Hering, so fett wie der Göring! Sie hat wohl gemeint, dass das Rolf nicht interessieren würde. Aber als er dann an der Reihe war, stellte er sich vor mich hin und sagte ganz laut: Frau Züntelmaier, weißt du was? Der Göring ist ein Bluthund! Dabei waren schon wieder neue Kunden im Laden. Eine Frau habe ich gar nicht gekannt!“ Luise wurde es flau im Magen. Solche Reden in der Öffentlichkeit konnten einen Erwachsenen in diesen Zeiten ins Gefängnis bringen! Die Mutter mit ihrem elenden Leichtsinn! „Frau Schmich, stellen Sie sich das doch mal vor!“, sprach die Frau aufgeregt weiter. „Wenn das jemand anzeigt oder die mich mit so einer Aussage in Verbindung bringen! Sie wissen ja selbst, wie schnell man da in Schwierigkeiten kommen kann.“ Luise pflichtete ihr bei und entschuldigte sich für Rolfs Verhalten, obwohl sie ihm innerlich keinen Vorwurf machen konnte. Er hatte nur nachgeplappert, was die Großmutter ihm vorgesagt hatte, ohne wirklich den Sinn zu verstehen. Nachdem Frau Züntelmaier gegangen war, fasste sie Rolf bei den Schultern und sah ihren Jungen ernst an: „Siehst du, was du angerichtet hast? Ich habe dir doch gesagt, die Großmutter hat sich das nur ausgedacht und du sollst es vergessen!“ Rolf fing an zu weinen: „Aber ich hab doch nicht gedacht, dass Frau Züntelmaier so böse wird wegen einem Blu-hut-hund. Ich wollte ihr nur mal was erzählen, so wie es die Frauen im Laden auch immer tun.“

„Ich weiß“, Luise holte ihr Taschentuch aus der Schürzentasche. „Hier, putz dir die Nase, und dann ist es schon fast wieder gut, gell?“ Mit ihrer Mutter würde sie noch ein ernstes Wort reden müssen. Unter keinen Umständen wollte sie noch einmal in der Öffentlichkeit negativ auffallen. Erst vor kurzem hatte sich ihr Nachbar Herr Seifert beschwert, dass Rolf ihn mit „Guten Tag“ anstelle des vorgeschriebenen „Heil Hitler“ gegrüßt habe. Als führender Parteigenosse könne er in der Nachbarschaft so etwas nicht dulden. Er hatte dann noch eine Weile weitergeschwafelt von der rechten Erziehung der deutschen Jugend. Luise hatte ihm lediglich schweigend zugehört, ihm zwar nicht recht gegeben, aber auch nicht gewagt zu widersprechen. Später hatte sie Rolf nochmals genau instruiert, welche der drei strammen Nazis aus der Nachbarschaft er mit dem Hitlergruß grüßen sollte. Bei allen anderen Leuten konnte man bislang noch „Guten Tag“ sagen. Nach diesem Ereignis beschloss Luise, vorsichtshalber eine Nazi-Fahne zu kaufen, um sie beispielsweise an „Führers“ Geburtstag am Haus aufhängen zu können.

Alles in allem hatte Luise jedoch wenig Zeit, sich über Hitlers Politik Gedanken zu machen. Aber dass der Terror vor allem gegen die Juden immer grausamer wurde, entging auch ihr nicht. In Langenbrücken lebten keine Juden. Es gab aber eine Möbelfabrik, die einem Juden gehörte. Er hatte die Firma durch die Inflationszeit der frühen Zwanzigerjahre gebracht und sich zunächst durch die Machtübernahme der Nazis nicht einschüchtern lassen. 1938 jedoch war es so weit. Wohl weit unter Wert musste er an eine Heidelberger Firma verkaufen und konnte gerade noch rechtzeitig in die Schweiz auswandern. Genaueres wusste Luise nicht, aber getuschelt wurde so manches. Am 9. November 1938 hatte Berta Geburtstag und hatte Luise mit den Kindern nach Mannheim eingeladen. In der Nacht zuvor hatten die Nazis mehrere Synagogen und andere jüdische Einrichtungen in der Stadt angezündet. Als Luise und die Kinder aus dem Bahnhofsgebäude kamen, lag noch immer ein deutlich wahrnehmbarer Rauchgeruch in der Luft.

In der Wohnung der Familie Stöhr wurde erst einmal Kaffee getrunken. Berta hatte sogar eine Linzertorte gebacken. Rolf und Trudel saßen da und kauten mit vollen Backen. Diese Köstlichkeit bekamen sie selten zu essen. Hens und Erich, die beiden jüngeren Söhne von Berta und August, zeigten den Kindern ihre Eisenbahn, die sie mit großen Augen bestaunten. Reinhold mit seinen fünfzehn Jahren zog es vor, bei den Erwachsenen am Tisch zu bleiben. Nach dem Kaffee beschloss man, noch etwas frische Luft zu schnappen. Später dachte Luise noch oft, dass sie besser in der Wohnung geblieben wären. Sie waren erst ein paar Meter gegangen, als sie von einem Trupp SA Männern mit Körben und Äxten in der Hand überholt wurden. Weiter vorne in der Straße klingelten sie. Als ihnen nicht aufgemacht wurde, schlugen sie ohne Umschweife mit den Äxten die Tür ein. „Mutter, was machen die Männer denn da. Sie schlagen ja die Tür ein!“, schrie Rolf entsetzt. „Still, Rolf! Das sehe ich ja.“ August sagte: „Kommt, lasst uns nur rasch zurückgehen. Wer weiß, was die noch vorhaben.“ Aber auch in das Mietshaus, in dem außer den Stöhrs und einer weiteren nicht-jüdischen Familie auch zwei jüdische Familien lebten, waren inzwischen offensichtlich SA-Leute eingedrungen. Plötzlich wurde bei einer der jüdischen Familien ein Fenster aufgerissen. Kurz darauf flog ein Korb voller Geschirr und Gläser auf die Straße, wo der Inhalt krachend zerschellte. Rohes Gelächter vermischte sich mit den verzweifelten Rufen der Bewohner. August schloss in fliegender Hast die Haustür auf. „Schnell rein mit euch und nichts wie rauf in die Wohnung!“ Inzwischen waren die

SA-Leute damit beschäftigt, Möbel aus dem Fenster zu werfen, die mit dumpfem Gepolter auf der Straße landeten. Kurz darauf erleuchtete ein Feuerschein die Abenddämmerung. Keiner wagte, aus dem Fenster zu sehen. Erst später erfuhr Luise, dass Hitlerjungen ungefähr in Reinholds Alter die Möbel angezündet hatten. Rolf und Trudel weinten und drängten sich an die Mutter. Auch Bertas Söhne waren völlig verstört. Luise war ebenso wie August und Berta dermaßen entsetzt, dass sie keine Worte fand. Etwas später meinte Berta: „Ihr bleibt heute Nacht hier. Es ist zu gefährlich, wenn ihr da heute zum Bahnhof laufen müsst." Luise war einverstanden. Froh, etwas tun zu können, half sie Berta, ein Nachtlager für sich und die Kinder einzurichten. Erst am nächsten Morgen fuhren sie nach Hause. Die Bilder jenes Abends würde sie nicht mehr vergessen können. Sie fühlte sich hilflos und ohnmächtig wie selten zuvor. Jemand musste doch etwas tun gegen Hitler! Das konnte doch nicht immer so weiter gehen! Gleichzeitig wusste sie, dass es nahezu unmöglich und in jedem Fall lebensgefährlich war, Widerstand zu leisten. Widerstand im Geiste, das ging wohl, mehr aber auch nicht.

Kapitel 15

Im September 1939 begann der zweite Weltkrieg, der das Leben der Menschen verändern sollte und Schrecken und Entbehrungen mit sich bringen würde, wie niemand es sich bis dahin hätte vorstellen können. Es begann damit, dass Rudolf eingezogen wurde, anders als Fritz, dessen Tätigkeit als kriegswichtig eingestuft wurde. Rudolfs Angestellte, die schon über das Soldatenalter hinaus waren, sollten ohne ihn das Geschäft weiterführen. Der Gedanke an den Abschied von Rudolf ließ Luises Herz schwer werden. Neben ihr und der Mutter litt aber noch jemand anderes. Ihr Bruder hatte sich tatsächlich bereits vor einiger Zeit verlobt. Margarete hieß seine Auserwählte und war die Tochter eines Bäckers aus einem der umliegenden Dörfer, den er belieferte. Kurz bevor Rudolf nun eingezogen wurde, gab es eine Kriegstrauung, die rasch und ohne große Feierlichkeit vollzogen wurde. Gretel, wie seine Braut genannt wurde, war gerade zwanzig und sehr hübsch, aber in Vielem noch unerfahren. Zudem fühlte sie sich ohne Rudolf fremd und verlassen. Sie tat Luise leid. Also bot sie ihrer Schwägerin an, dass sie vorläufig bei ihr einziehen könnte, bis das Haus, das sie und Rudolf neben Luises bauen ließen, fertig war.

Kaum war Rudolf fort, wurde ein Zimmer im ersten Stock für Einquartierungen beschlagnahmt. Zwischen sechs und acht Soldaten, allesamt Reservisten, die zur möglichen Verteidigung des Westwalls eingezogen worden waren, hausten nun jeweils für mehrere Wochen auf Strohlagern. Nach einem einfachen Frühstück mussten sie zum Dienst, wo sie auch die weitere Verpflegung erhielten. Die

Stuben mussten selbst aufgeräumt und die Unterwäsche eigenhändig gewaschen werden. Aber so ganz klappte das nicht. Schließlich waren es allesamt Männer und in Haushaltsdingen völlig ungeübt. Luise half ihnen, so gut es ging und die Männer dankten es ihr mit höflichem Benehmen. Mit der Körperpflege nahmen es die Soldaten auch nicht so genau. „Pfui Teufel, wie das hier stinkt", schimpfte die Großmutter oft. Rolf und Trudel kicherten begeistert: „Pfui Teufel", rief Trudel immer wieder und klatschte vergnügt in die Hände. Dennoch schien Luise der miefige Gestank noch das geringere Übel. Auch wenn Luise eine couragierte Frau war, so fühlte sie sich doch sehr unbehaglich, mit all diesen fremden Männern in einem Haus zu leben. Aber es ging besser als erwartet. Die meisten von ihnen waren in ihrem Alter oder schon älter und hatten selbst Frau und Kinder zu Hause. Bereitwillig hielten sie mit Luise einen kleinen Schwatz oder spielten wohl auch mit den Kindern eine Partie Domino oder mit Bauklötzen. Waren die Kinder anfangs noch schüchtern gewesen, tauten sie bald auf und sprachen oder spielten ganz unbefangen mit den Männern. Traurig waren die Kinder nur, wenn die Soldaten nach vier Wochen wechselten und Neue ins Haus kamen. Luise war froh, wenn die Soldaten tagsüber außer Haus waren. Es wollte ihr abends manchmal der Schädel platzen mit den vielen Menschen auf so engem Raum. Gegen Jahresende bekamen sie einen Hauptmann aus dem Schwäbischen namens Hähnle samt seinem Burschen zugewiesen. Rolf und Trudel hatten sich gefreut, als sie hörten, dass sie einen echten Hauptmann bekommen sollten. Gemäß der Nazi-Propaganda, der die Kinder nun einmal täglich ausgesetzt waren, hatten sie sich einen schlanken nordischen Hünen vorgestellt. Optisch erwies sich Hauptmann Hähnle jedoch als jämmerlicher Reinfall. Es war ein schon recht ältlich wirkender, sehr beleibter Mann, der nur mit Hilfe seines Burschen ächzend auf sein Pferd kam. Als die Kinder ihn zum ersten Mal sahen, flüsterte Trudel: „Du liebe Zeit, der ist ja so dick!“ Sie hatte wohl etwas zu laut geflüstert, denn der Offizier hatte sie gehört. Rolf zog den Kopf ein, denn er erwartete ein großes Donnerwetter. Der Hauptmann schien jedoch ein gutmütiger Mensch zu sein, tätschelte Trudel die Backe und meinte nur: „Ha woisch, Mädle, wenn ma älder wird, dann kommt des so.“ Sein Bursche war ein junger, drahtiger Mann, der seine Aufgabe sehr ernst nahm. Jeden Morgen platzte er in die Küche und rief: „Alle aus der Küche! Der Herr Hauptmann möchte jetzt frühstücken!“ Widerwillig räumte Luise dann mit den Kindern das Feld oder sah zu, dass die Küche schon leer war, bevor der Bursche hereinstürmte. Dieser deckte dann den Tisch, kochte Kaffee und kurz darauf erschien der Hauptmann. Luise konnte die Kinder so oft wegscheuchen, wie sie wollte, die beiden klebten vor der Küchentür und fanden einen Türspalt oder das Schlüsselloch, um zu beobachten, wie der Hauptmann aß. Da gab es tatsächlich helle Brötchen, Honig, herrlichen Schweizer Käse und Wurst. Das waren Köstlichkeiten, die für die Familie aufgrund der Rationierungen gar nicht mehr zu bekommen waren. War der Hauptmann fertig mit seiner Mahlzeit, rief er: „Hen meine Kinderle ihr Weckle scho ghabt?“ Das war für Rolf und Trudel das Stichwort. Wie die geölten Blitze standen sie am Tisch, verneinten und erhielten jeder eine Brötchenhälfte. Während sie so dastanden und mit vollen Backen kauten, fühlten sie sich wohl wie im Paradies. Luise gönnte den beiden den kleinen Luxus. Sie selbst hätte auch nichts gegen ein Brötchen und eine Tasse Bohnenkaffe einzuwenden gehabt. Aber für sich lehnte sie sein Angebot ab, nicht dass es dem Hauptmann zu viel würde. Eines Tages bekam der gute Mann Husten, der nicht mehr wegging. Dann kam Fieber dazu. Luise schwante Böses, denn die Symptome waren ihr nur allzu bekannt. Der Arzt kam und bestätigte den Verdacht. Herr Hähnle hatte Lungenentzündung. Das traf Luise schlimm, auch wenn der Hauptmann eigentlich ein Fremder war. Schließlich ließ sie sich von seinem Burschen seine Adresse geben und schrieb an Frau Hähnle, dass sie kommen und bei ihr wohnen könne, um ihren Mann zu pflegen. Die Frau nahm das Angebot dankbar an. Die Kinder hatten nichts gegen den Familienzuwachs, hatte doch Frau Hähnle jedem von ihnen ein Buch und ein Puzzle geschenkt. Kaum angekommen, übernahm sie ein strenges Regiment. Ihr Mann musste von morgens bis abends Tee trinken, Suppe essen, sich abreiben lassen oder inhalieren. Seinen schwachen Widerstand erstickte sie mit einem energischen: „Büble, du stirbsch! Des muss jetzt sei!“ Luise unterstützte Frau Hähnle, so gut es ging. Und tatsächlich wurde er wieder ganz gesund. „Büble, du stirbsch“, wurde zum geflügelten Wort in der Familie und immer wieder gerne angewandt, wenn zum Beispiel eines der Kinder krank war und die Medizin nicht nehmen oder eine Anwendung nicht machen wollte.

Mit dem Beginn des Frankreichfeldzuges im Mai 1940 endeten die Einquartierungen. Vorläufig verlagerte sich damit der Krieg für die Menschen hinter die Landesgrenze. Im Sommer 1939 war auch Hugo eingezogen worden und musste den Polenfeldzug und die Besetzung von Holland mitmachen. Über seine Erlebnisse dort sprach er lange Zeit nicht. Im Herbst 1940 wurde er zur großen Erleichterung der Familie in seiner Funktion als Forstamtsleiter als kriegswichtig eingestuft und in die Heimat entlassen, wo seine Frau Friedel ihn mit den beiden Kindern schon sehnsüchtig erwartete. Friedel hatte ein Jahr nach Rolfs Geburt eine Tochter geboren und zwei Jahre später einen Sohn. In der Mühle war nach drei Jungen 1938 ein Mädchen geboren worden, worüber sich vor allem Maria sehr freute.

Bertas Mann August war schon zu alt und musste ebenfalls kein Soldat mehr werden. Dafür aber wurde ihr ältester Sohn Reinhold 1941 mit gerade einmal achtzehn Jahren eingezogen. Das war für Berta sehr schlimm, und auch Luise litt mit der Schwester mit. Sie war nur froh, dass wenigstens der Kriegsdienst ihrem Hans erspart geblieben war. Und bis Rolf so weit war, würde der Krieg hoffentlich vorbei sein. Den Jungen plagten derweil ganz andere Probleme. Er war Ostern 1939 in die Schule gekommen. Die verschnörkelten Buchstaben der Sütterlinschrift wollten dem aufgeweckten Jungen einfach nicht von der Hand gehen. Die Großmutter, die sonst so ungeduldig sein konnte, saß unermüdlich mit ihm am Küchentisch und half ihm bei seinen Schreibübungen. Wenn ihr jedoch nicht gefiel, was Rolf auf seiner Schiefertafel schrieb, wischte sie es kurzerhand weg, und der Junge musste den Buchstaben neu schreiben, solange, bis die Großmutter mit dem Ergebnis zufrieden war. Lesen und rechnen fielen Rolf hingegen nicht schwer. Lieder und Gedichte lernte er schnell auswendig. Eines Tages fragte seine Mutter: „Mutter, was ist eigentlich ein Duckmus?“ „Ein Duckmus? Was soll denn das sein?“, lachte Luise. Rolf lachte nicht. „Aber Mutter, das frage ich dich ja gerade!“ „Aber ich kenne keinen

Duckmus. Wie kommst du denn darauf?“ „So heißt es doch in dem lustigen Lied, das wir gerade lernen. Sitzt ein Duckmus auf dem Dach, kommt der Regen macht ihn nass“ „Ja, meinst du vielleicht einen Kuckuck?“ Doch Rolf beharrte darauf, dass der Lehrer „Duckmus“ gesagt hatte. Luise beließ es dabei. Rolf würde schon selbst noch dahinterkommen. Trudel war ihrem Bruder ein Jahr später in die Schule gefolgt. Zu Rolfs Leidwesen und Großmutters Freude konnte sie sehr schön schreiben. Auch sie las gerne und liebte Gedichte und Lieder. Zu Beginn von Rolfs drittem Schuljahr wurde die lateinische Schrift, die sehr viel einfacher zu schreiben war, von den Nazis zur deutschen Normalschrift erklärt. Rolf fand, dass hier die Nazis doch endlich einmal etwas Nützliches erlassen hätten.

Das Haus von Rudolf und Gretel war inzwischen fertig. Dennoch kam Gretel oftmals zu Luise herüber, um sie um Rat oder Hilfe zu bitten. Die junge Frau vermisste ihren Rudolf und hatte Heimweh nach ihren Eltern und Geschwistern. Luise hatte sich an das Leben als Witwe halbwegs gewöhnt, auch wenn sie Hans jeden Tag vermisste. Andererseits war sie froh, dass ihr Mann den Krieg nicht mehr miterleben musste. Ebenso wie Hugo wäre er zumindest zeitweise eingezogen worden.

Luise hatte beschlossen, in diesen unsicheren Zeiten ihre Selbstversorgung noch auszudehnen. Dazu pachtete sie von einer Tante ein Gartengrundstück, das sie bebaute und wo sie Hühner hielt und Platz für einen Hasenkasten hatte. Außerdem gehörte ihr ein Stück Wengert, auf dem sie etwas Wein und Obst anbauen konnte. Zuletzt pachtete sie von Fritz noch ein größeres Stück Land nahe der Mühle, auf dem sie hauptsächlich Kartoffeln, aber auch Mais und etwas Getreide für die Hühner anbaute. So kam sie mit ihrer Familie einigermaßen über die Runden. So wie es ihr möglich war, half sie zusätzlich Gretel, deren Garten und Wengert zu bearbeiten. Gerne hätte sie abends zuweilen etwas Musik gehört oder ein wenig gelesen. Aber dafür fand sie keine mehr Zeit mehr, stattdessen fiel sie meist schon früh todmüde ins Bett.

Ihre Kinder wuchsen heran, aber sie wuchsen ein bisschen schneller, als es ihnen gutgetan hätte, vor allem ihre Tochter. Längst war Trudel nicht mehr das kleine Pummelchen von einst. Sie hatte Rolf sogar überrundet, bis sie mit sieben Jahren gar einen Kopf größer als ihr eigentlich großgewachsener Bruder war, was Luise ein wenig mit Sorge erfüllte. Seit dem Tod von Hans sorgte sich Luise immer besonders um die Gesundheit der anderen, vor allem um die ihrer Kinder. Auf ihren eigenen Zustand nahm sie wenig Rücksicht.

Der Winter kam mit Eis und Schnee und nahm kein Ende. Kurzerhand entschloss sich Luise im Januar, mit den Kindern für eine Woche nach Bad Dürrheim zu fahren. Wenn ihr der Ort gefiel, konnte sie die Kinder vielleicht einmal zur Erholung dahin schicken. Sie wohnten in einem Kurheim, das von Franziskanerinnen betrieben wurde, die sich liebevoll um die kleine Familie kümmerten. Endlich konnte Luise ein bisschen aufatmen. Wie sehr sie seit Kriegsbeginn unter Anspannung gestanden hatte mit den vielen Einquartierungen und der täglichen Sorge um die Familie, bemerkte sie erst, als sie von zu Hause fort war und sich einmal nicht um alles kümmern musste.

Im Februar wurde Rudolfs ältester Sohn geboren. Er erhielt den Namen seines Vaters und Großvaters, wurde aber von Gretel liebevoll Rudi genannt.

Kapitel 16

Der Krieg nahm kein Ende und hatte mit dem Beginn des Russlandfeldzugs 1941 beängstigende Ausmaße angenommen. Und doch merkte man in Langenbrücken zunächst noch nicht so viel vom Krieg. Mannheim wurde ebenso wie Karlsruhe oder andere Städte in der Nähe zunehmend häufiger bombardiert. Für Luise und die Kinder bedeutete das, dass sie anfangs etwa einmal die Woche, dann aber zunehmend öfter die Nächte im Luftschutzkeller verbrachten, wobei die Bomberverbände zunächst nur über sie hinwegflogen. Sobald die Sirenen Voralarm meldeten, sprang Luise aus dem Bett, weckte Rolf und Trudel und brachte sie in den Keller. Dort hatte Luise ein Klappbett aufgestellt, in das sich die beiden legen und weiterschlafen konnten, soweit das möglich war. Dann rannte sie hinüber zu Gretel, die nicht allein in ihren Keller gehen wollte. Sie half ihrer Schwägerin, den kleinen Rudi, später auch die anderen beiden Jungen, die in rascher Folge geboren wurden, in den Keller zu schaffen. Bis der Vollalarm ertönte, waren dann alle halbwegs sicher im Keller. Ein ohrenbetäubendes Dröhnen erfüllte den Raum, wenn die Fliegerschwadronen über ihre Köpfe hinweg flogen, so dass die Kinder oft wach wurden und jammerten. Bomben fielen zunächst nur vereinzelt, etwa wenn die Flieger zurückkamen und Bomben übrighatten oder auch zunächst eher versehentlich welche abwarfen. Um sich und die Kinder zu beruhigen, beteten Luise und Gretel oft den Rosenkranz oder sprachen andere Gebete. Luise dachte oft bei sich: Wenn ich jetzt bete, dass der Herrgott uns bewahrt, ist das vielleicht nicht richtig. Denn die anderen Menschen in den

Städten trifft es ja trotzdem.

Im April 1942 gingen Rolf und Trudel zusammen zur Erstkommunion. Aus einem weißen Sommerkleid hatte Luise für Trudel ein Kommunionkleid geschneidert. Rolf bekam seinen Anzug von seinem Cousin Erich vererbt. Fast ein Jahr lang hatte Luise Fleischmarken gespart und konnte für die Kinder ein kleines Fest ausrichten. Es gab Nierenbraten und zum Abendessen Wiener Würstchen mit Kartoffelsalat. Mehl bekam sie aus der Mühle so viel sie brauchte, und so konnte sie auch Kuchen backen. Fritz und Maria, Hugo und Friedel, Berta und August und natürlich Gretel kamen und brachten jeder kleine Geschenke für die Kinder mit. Großmutter Anna und Rolfs Patenonkel Ruddel und seine Frau vertraten die Familie von Hans. Sie schenkten Rolf ein Buch und ein herrliches Schnitzmesser. Das beste Geschenk für Rolf war jedoch eine Einladung nach Bretten in den Sommerferien, wo Rolf mit seinem gleichaltrigen Cousin und weiteren Cousins und Cousinen eine herrliche Zeit verleben sollte. Luise war glücklich, dass der Krieg wenigstens an diesem Tag einmal ausgesperrt war.

Je mehr sich die Bombenangriffe auf die großen Städte häuften, wurde vor allem die Angst um Berta und ihre Familie Luises täglicher Begleiter. Augusts Elternhaus stand in Ubstadt, einem Dorf nahe Langenbrücken. Dort verbrachte Bertas Familie die Wochenenden und Schulferien und brachte nach und nach schon einigen Hausrat hin, damit sie nicht völlig mittellos sein würde, sollte sie ausgebombt werden. Es war der Sommer 1943, als sie nach einem Wochenende nach Mannheim zurückkamen. Aber statt ihres Wohnhauses fanden sie nur noch Trümmer vor.

Die Familie siedelte nun nach Ubstadt über, froh, dass sie eine Bleibe hatten und wenigstens etwas von ihrem Besitz hatten retten können. Zur Ruhe kam die Familie aber auch dort nicht. Häns war inzwischen auch eingezogen worden. Berta hatte Luise zudem unter Tränen erzählt, dass Reinhold bei seinem letzten Fronturlaub regelrecht zusammengebrochen sei. Weinend habe er sich an seine Mutter geklammert und gesagt, dass er es nicht mehr ertragen würde, an die Front zurückkehren zu müssen. August hatte dem Jungen gut zugeredet und versucht, ihm Mut zuzusprechen, so gut es möglich gewesen war. Berta schlief schlecht, da sie fast umkam vor Sorge um ihre beiden Söhne. Luise litt mit ihr, versuchte sie zu trösten, so gut es ging. Sie selbst lief wie in einem Hamsterrad. Haushalt, Kinder und Hühner versorgen, zwischendurch aufs Feld, so ging das tagaus tagein. Die Mutter verrichtete leichte Hausarbeit, so wie es ihr möglich war. Sie ermüdete jedoch schnell und musste viele Pausen einlegen. So waren es zunehmend ihre beiden Kinder, die ihr bei den anfallenden Arbeiten zur Hand gingen. Der gute Dr. Bach hatte noch dreimal dafür gesorgt, dass die Kinder zur Kur nach Bad Dürheim kamen. Dort konnten sie wenigstens für kurze Zeit den Krieg einmal vergessen.

Fritz und Maria hatten zuletzt noch einen kleinen Jungen bekommen. Alle freuten sich über den neuen Erdenbürger ebenso wie über Rudolfs Kinder, da sie ihnen ein Hoffnungszeichen waren.

Kurz nach seinem zehnten Geburtstag wurde Rolf zum Jungvolk berufen. Stolz kam er nach dem ersten Abend nach Hause und zeigte seine Uniform. „Weißt du Mutter, ich gehöre jetzt nicht mehr dir. Ich gehöre jetzt dem Führer!“ Luise runzelte unwillig die Stirn. Was für einen Unsinn erzählte man da den Kindern! Sie setzte zu einer heftigen Erwiderung an, besann sich dann aber. Um dem Jungen die Augen zu öffnen und ihn nicht gegen sich aufzubringen, musste sie es geschickt anfangen. „Ach so“, meinte sie und ließ ihre Stimme so beiläufig wie möglich klingen. „Kocht dir der Führer auch und wäscht deine Wäsche? Und baut er im Garten Gemüse für dich an?“ Rolf schaute betreten drein und sagte erstmal gar nichts mehr. „Na siehst du! Ich glaube doch, dass du immer noch der gehörst, die jeden Tag für dich sorgt, meinst du nicht?“

„Ja, Mutter“, lächelte Rolf nun verlegen, „wahrscheinlich hast du recht.“

Nach den Sommerferien war Rolf nach Bruchsal ins Schloss-Gymnasium gekommen. Es fiel Luise nicht leicht, das Schulgeld aufzubringen. Ein paar Einnahmen hatte sie, indem sie das Zimmer, das die einquartierten Soldaten bewohnt hatten, nun an Einzelpersonen vermietete. Es hätte Luise das Herz geblutet, wenn der intelligente kleine Bursche nicht im Gymnasium hätte weiter lernen dürfen. Sobald Rolf von der Schule nach Hause kam, aß er zu Mittag, machte rasch seine Hausaufgaben, und dann ging es meist aufs Feld oder in den Wengert. Rolf, der sonst eigentlich ein recht verträgliches Kind war, begann diese andauernde Feldarbeit leidenschaftlich zu hassen. Mal war etwas zu säen oder zu pflanzen, die Kartoffeln mussten gehäufelt oder geschwefelt werden, und beständig musste Unkraut gehackt werden. Der Junge nahm es dem Herrgott persönlich übel, dass dieser so unerträglich viel Unkraut wachsen ließ. Um sich nicht zu Tode zu langweilen, versuchte er, möglichst viele Gedichte und Balladen auswendig zu lernen und diese auf dem Feld zu rezitieren. Im Versmaß der jeweiligen Ballade bewegte er dann bisweilen die Hacke und so wurde ihm die Arbeit erträglicher. Luise, die meist dabei war, amüsierte sich köstlich darüber. Außerdem ging auch ihr das Hacken dadurch leichter von der Hand.

Noch einmal war Trudel zur Kur gekommen. Die Versorgungslage war jedoch auch dort schwierig geworden. So gab es zum Frühstück jeden Morgen eine sogenannte Puddingsuppe, die nichts anderes, als ein mit Wasser gekochter und gestreckter Pudding ohne Geschmack war, weil es an Milch und Zucker fehlte. Trudel hatte Heimweh und wurde krank. Luise musste hinfahren und das Mädchen vor Ablauf der Zeit holen. Die Rückfahrt war für das Kind eine einzige Strapaze. Da wegen der ständigen Angriffe auch tagsüber immer weniger Züge fuhren, waren diese hoffnungslos überfüllt, so dass es aussichtslos war, einen Sitzplatz zu ergattern. Nachdem nun Luise und Trudel schon eine Zeit lang unterwegs waren, bemerkte Luise, wie das Mädchen, das vor wenigen Tagen noch fiebrig gewesen war, plötzlich zu schwanken begann. Laut rief sie um Hilfe. Sofort wurde dem Kind ein Sitzplatz eingeräumt. Ein etwas schmuddelig gekleideter Mann zog eine Rotweinflasche aus der Tasche und bot dem Kind einen Schluck an. Luise wollte erst ablehnen, aber dann dachte sie, da ja nichts anderes da war, müsse man es eben damit versuchen. Danach sagte der Mann: „Wo der Wein schon mal auf ist, können wir ihn auch leer trinken." Mit diesen Worten ließ er nun die Flasche kreisen. Luise war schon alles egal und sie nahm ebenfalls einen Schluck, froh, dass Trudel nichts passiert war.

Nach der Landung der Alliierten in der Normandie zog

sich die Schlinge des Krieges jeden Tag enger um das Leben der Menschen. Das Radio überschlug sich förmlich mit der Übertragung von immer aberwitzigeren Propagandareden, aber die alltägliche Bedrohung für Leib und Leben bekamen die Menschen in Langenbrücken nun Tag und Nacht immer mehr zu spüren. Waren anfangs die Bomben nur vereinzelt und überwiegend in Gärten gefallen, wurde jetzt die Bahnlinie und der Bahnhof, in dessen Nähe Luises Haus stand, gezielt durch Jagdbomber angegriffen. Bei einem der Angriffe gingen durch die Druckwelle sämtliche Glasscheiben in den Fenstern zur Straßenseite hin zu Bruch. Unter großen Mühen gelang es dem Glaser nach einigen Wochen, noch einmal Glas aufzutreiben und die kaputten Fenster instand zu setzen. Er empfahl Luise, fortan die Fenster nur noch anzulehnen. Das tat Luise auch, aber nun saß die Familie immer ein wenig im Durchzug, und der Herbst nahte. Luise beschloss, erst einmal nicht weiter darüber nachzudenken.

Die Menschen konnten nun tagsüber nicht mehr zu jeder Zeit auf die Straße. Gegen vierzehn Uhr flogen die amerikanischen Verbände zunehmend häufiger über Langenbrücken hinweg, luden ihre grausige Last über Städten und Industrieanlagen weiter östlich ab und kehrten etwa zwei Stunden später wieder zurück. Erst danach konnte man sich wieder hinauswagen. Jetzt, wo es im Herbst früh dunkel wurde, verlor Luise dadurch jeden Tag wertvolle Zeit für die Feldarbeit und musste sich umso mehr jeden Tag abhetzen, um alles erledigen zu können. Sie war so dünn geworden bei all dem Gerenne, dass sie sich gar nicht mehr im Spiegel anschauen mochte.

Eines Nachmittags im Oktober war sie mit Rolf unterwegs zum Feld bei der Mühle, um Kartoffeln auszugraben. Sie waren gerade bei der Brücke über den Bach angelangt, der zur Mühle führte, als sich zwei Flugzeuge von Westen her näherten. Sie flogen so tief, dass Luise auf dem einen das deutsche und auf dem anderen das amerikanische Hoheitszeichen erkennen konnte. Luise erschrak. Die Flieger hätten längst weg sein müssen. Zudem war es ungewöhnlich, dass das amerikanische Flugzeug allein flog. Normalerweise flogen die Maschinen immer in Formationen, um besser geschützt zu sein. Anscheinend hatte der amerikanische Pilot den Anschluss an die Gruppe verloren. Luise fragte sich, was der Grund dafür sein könnte. Vielleicht war das Flugzeug beschädigt? Die deutsche Flugabwehr sah jedenfalls die Chance gekommen, den feindlichen Flieger zu verfolgen und abzuschießen. Binnen Sekunden erfasste Luise die Situation. Es würde ein Luftkampf direkt über ihren Köpfen stattfinden, und es gab weit und breit keine Deckung für sie. Sie standen mitten auf der Brücke. Es gab kein Haus und keine Senke, wohin sie sich noch hätten flüchten können. „Leg dich auf den Boden!“, schrie sie Rolf zu. Der Junge ließ sich fallen und Luise legte sich dicht daneben und versuchte, ihn notdürftig mit ihrem Körper zu schützen. Schon zischten die Kugeln der Bordkanonen über ihre Köpfe hinweg. Luise wusste, dass sie nicht den Hauch einer Chance haben würden, sollten sie von diesen Kugeln getroffen werden. Das Brummen der Flugzeugmotoren und das Knattern der Maschinengewehre waren ohrenbetäubend. Da begann das amerikanische Flugzeug zu trudeln. Gleichzeitig entfernte es sich ein Stück, da der Pilot wohl ein Feld suchen wollte, wo er eine Notlandung vornehmen oder noch mit dem Fallschirm abspringen konnte. Auch das deutsche Flugzeug flog nun davon. Langsam richteten sich Luise und Rolf wieder auf. Dann hielten sie einander für einen Moment fest an den Händen. Luise wollte etwas sagen, aber ihr fiel nichts ein. Sie wollte etwas denken, aber es waren keine Gedanken in ihr. Ihr Kopf fühlte sich an wie Watte. “Alles in Ordnung, Mutter?“ War das Rolf, der das gefragt hatte? Ihr Sohn, gerade einmal elf Jahre alt, fragte sie das? Das hätte doch sie ihren Sohn fragen müssen. Aber es waren keine Worte in ihr, zu tief saß das Entsetzen über das, was gerade passiert war. Luise blinzelte und holte ein paar Mal tief Luft. „Rolf, mein Junge! Bei mir ist alles in Ordnung. Bei dir auch?“

„Ja, Mutter, wir haben großes Glück gehabt. Komm, wir laufen rüber zur Mühle und ruhen erst etwas aus, bevor wir die Kartoffeln ausmachen“ Luise betrachtete ihren Sohn, als säe sie ihn zum ersten Mal. Schlank und feingliedrig stand er vor ihr. Die blonden Locken waren dem strengen Haarschnitt des Jungvolks zum Opfer gefallen. Der Junge blickte sie aus seinen klaren blauen Augen an. Das war nicht mehr der Blick eines Kindes. Er schaute so ernst drein, beinahe schon wie ein Mann. Da endlich konnte Luise wieder etwas denken: Was macht der Krieg nur aus unseren Kindern? Mühsam rappelte sie sich wieder auf und klopfte sich den Staub aus den Kleidern. Dann meinte sie: „Ja, Rolf. Das wäre eine gute Idee. Aber schau, es wird bald dunkel. Lass uns zum Feld gehen, damit wir fertig werden.“

Kapitel 17

Nachdem der Unterricht für Rolf im Herbst 1944 nur noch samstags stattgefunden hatte, endete er im Dezember für die auswärtigen Schüler ganz. Zu gefährlich und mühsam waren die Schulwege geworden. Trudel war im Sommer 1944 auf die Mädchenoberschule in Bruchsal gekommen. Diese hatte im Herbst den Unterricht für die Auswärtigen beendet. Einerseits war Luise froh, dass ihre Kinder nicht weiter der täglichen Gefährdung und Strapaze ausgesetzt waren. Andererseits sorgte sie sich um die Schulbildung ihrer Kinder. Zum neuen Jahr wurde ein Notunterricht im Nachbarort Mingolsheim eingerichtet. Das schien zunächst eine gute Lösung zu sein, da die Kinder in einer halben Stunde Fußmarsch dorthin kommen konnte. Bald zeigte sich aber, dass selbst auf diesem relativ kurzen Weg die Kinder ständig Angriffen von Jagdbombern ausgesetzt waren. Nachdem Rolf und ein weiterer Junge auf dem Heimweg einen Luftkampf zweier Flugzeuge direkt über ihnen hatten erleben müssen und Todesängste ausgestanden hatten, entschied sich Luise, die Kinder fortan daheim zu lassen. Kein Unterricht der Welt konnte so wertvoll sein, dass sich die beiden dazu täglich in Lebensgefahr begeben mussten. Wenigstens die Großmutter hatte Luise zu Hugo und Friedel nach Adelsheim in Sicherheit bringen können. Da der Ort weder an der Bahnlinie lag noch nennenswerte Industrie hatte, gab es dort auch keine Angriffe durch Bomber oder Tiefflieger.

Mit dem Näherrücken der Front war es noch im Dezember wiederum zu Einquartierungen von Soldaten gekommen, die Luise zusätzlich zu ihren Mietern auch noch unterbringen musste. Den Anfang machten österreichische Gebirgsjäger, ein Haufen ungehobelter Kerle, die mit italienischem Wein ordentliche Besäufnisse abhielten. Luises Bitte, ein wenig mehr Rücksicht auf sie und die Kinder zu nehmen, wurde mehr oder weniger ignoriert. Zum Glück war dieser Spuk nach etwa einer Woche vorbei. Danach wurde ein Stabsarzt einquartiert, der im Lazarett Dienst tat, das seit einiger Zeit im Solebad in Langenbrücken eingerichtet war. Gerne hätte sie den Mann einmal danach befragt, wie die Kriegslage denn tatsächlich sei, aber sie traute sich nicht. Der Arzt war nicht unfreundlich zu ihr und den Kindern, aber sie konnte nicht einschätzen, wie er zum Nazi-Regime stand. Im Januar 1945 kam Reinhold noch ein letztes Mal nach Hause. Er berichtete wenig, sagte aber seinen Eltern unumwunden, dass der Krieg unmöglich noch gewonnen werden könne. Es brach den beiden das Herz, ihn wieder gehen zu lassen. In der Schlacht um Königsberg wurden er und viele andere Soldaten eingeschlossen und danach wurde er als vermisst gemeldet. So sehr seine Eltern es auch hofften, sie erhielten nie mehr ein Lebenszeichen von ihm. Wenigstens war Erich wieder zu Hause. Sechzehnjährig war er 1944 als Luftwaffenhelfer eingezogen worden. Im Winter erkrankte er an Tuberkulose und wurde entlassen. Schwer krank und nervlich zerrüttet kam er nach Hause. Aber August und Berta waren dennoch überglücklich. Berta pflegte Erich Tag und Nacht und ganz allmählich wurde der Junge wieder gesund und fand neuen Lebensmut.

Dann kam eine Schreckensmeldung aus der Mühle. Eine verirrte Bombe hatte den hinteren Teil der Mühle zerstört. Verletzt war zum Glück niemand worden, aber an einen regulären Betrieb war nicht mehr zu denken. Zu allem Überfluss hatte es Rudolfs Auto getroffen, das er dort eingestellt hatte, bis er wieder aus dem Krieg zurückkommen würde. Sein Lastwagen war bald zu Kriegsbeginn schon beschlagnahmt worden. Somit würde er überhaupt keine Fahrzeuge mehr haben, mit denen er den Mehlhandel wieder aufnehmen konnte. Rudolf selbst, der wegen seines Alters nicht mehr an der Front eingesetzt war, kam regelmäßig auf Heimaturlaub. Er war jetzt in Holland stationiert, von wo er Gretel ab und an schreiben konnte und die Post noch zugestellt wurde.

Im Februar entschloss sich Luise wegen der ständigen Fliegerangriffe, den Herd in die Waschküche im Keller zu transportieren. Zudem ließ sie zusätzliche Holzbalken in der Kellerdecke einziehen, um etwas besser gegen einen möglichen Einsturz des Hauses geschützt zu sein. Dazu stellte sie Gartenstühle und ein paar Bänke hin, auf die sich Rolf und Trudel sowie die drei Buben von Gretel je nach Tageszeit setzten oder legen konnten. Kurt und Helmut waren nach Rudi im Jahresabstand zur Welt gekommen. Wenn die Frauen nicht beteten oder sangen, versuchten sie so gut es ging, mit Kniereitern und Fingerspielen den Kleinen die Zeit zu vertreiben. Auch Trudel und sogar Rolf gaben sich oft mit den Buben ab, denn dadurch lenkten sie sich selbst auch etwas ab. Kurz darauf bekam die Transformatorenstation in Mannheim einen Bombentreffer. Damit war die Strom- und Wasserversorgung in vielen Dörfern unterbrochen. Luise und Rolf mussten nun jeden Morgen zu einem Haus etwa dreihundert Meter weiter, das noch einen Brunnen im Hof hatte. Dort mussten sie eimerweise Wasser pumpen und heimtragen. Trotzdem war Luise froh, dass sie überhaupt noch Zugang zu Trinkwasser halbwegs in der Nähe hatten.

Dann kam der erste März. Das Wetter war ungewöhnlich milde und ein Hauch von Frühling lag in der Luft. Luise war mit den Kindern in den Wengert gegangen, um dürre Zweige aus den Reben zu schneiden. Sie trieb die Kinder zur Eile an, damit sie zurücksein würden, bevor die Bomber am frühen Nachmittag wieder über das Dorf fliegen würden. Als sie gerade Mittagspause machten, erfüllte jedoch das unheilvolle Dröhnen von Bombern die Luft. Eine Schwadron von hundert Fliegern zog über sie hinweg. Sonst flogen die Schwadronen weiter weg, so dass man die Einschläge nicht hörte. Heute jedoch lag das Ziel offensichtlich näher. Die Einschläge hörte man bis hinauf in den Weinberg. „Mutter, die bombardieren Bruchsal!“, stieß Rolf entsetzt hervor. In Bruchsal wohnten Verwandte, Bekannte und Schulkameraden der Kinder, die da beschossen wurden. „Kinder, kommt, wir arbeiten weiter“, meinte Luise. Der Appetit war ihnen sowieso vergangen und vielleicht konnten sie sich durch die Arbeit ein wenig ablenken. Der Angriff dauerte weniger als eine Stunde, aber das Bruchsal, das sie gekannt hatten, gab es danach nicht mehr. Nach und nach wurde es still, die Detonationen hatten aufgehört. Aber nun begann sich der Himmel rot zu färben, so als stünde eine riesige brennende Wand vor ihnen. Trudel fing an zu weinen. „Die ganze Stadt brennt. Seht doch nur!“ Luise nahm Trudel in den Arm. Auch sie rang um Fassung. Wer konnte sagen, wie viele Menschen schon umgekommen waren und noch in den Flammen umkommen würden? War Hans´ Mutter, sein Bruder Otto oder dessen Frau unter ihnen? Und Fritz als hiesiger Feuerwehrkommandant würde bei solch einem schlimmen Angriff sicherlich auch dorthin müssen. Es war Luise, als schnüre es ihr die Luft ab. Ihr war schwarz vor Augen. Rolf war dazu getreten und zu dritt hielten sie sich eine Weile bei den Händen. Dann sagte Luise: “Lasst uns ein „Vater unser“ beten, dann gehen wir nach Hause. Wir können jetzt nichts mehr tun als abwarten.“

Es wurde ein langer Abend für Luise. Ihre Augen brannten vor Müdigkeit und doch konnte sie keine Ruhe finden und mochte sich nicht Schlafenlegen. Alles in diesem Krieg hatte sie bisher ertragen. Allen Menschen um sie herum war sie Stütze und Fels in der Brandung gewesen. Sie hatte sich oft nicht danach gefühlt, aber doch gespürt, dass sie für die anderen stark sein musste. Aber jetzt in diesen Nachtstunden konnte sie nicht mehr. Und sie klagte ihren Gott an, zu dem sie so großes Vertrauen hatte, zu dem sie stets betete: Gott, warum dieses Leid? Warum lässt du diesen Krieg nicht endlich zu Ende gehen? Aber sie erhielt keine Antwort oder vielmehr kannte sie die Antwort: Weil Hitler, dieser Teufel, es nicht will. Anscheinend endete hier Gottes Allmacht, da er den Menschen den freien Willen ließ, Gutes zu tun oder sich für das Böse zu entscheiden. „Aber du tust das Gute, Luise.“ Wer hatte das gesagt? Es war niemand in der Küche. War es Hans´ Stimme gewesen? Beinahe schien es ihr so. Mit einem Mal fühlte sie sich getröstet und ein wenig gestärkt. Schließlich stand sie auf und legte sich ins Bett in der Hoffnung auf etwas Schlaf.

Es war kurz nach Mitternacht, als es an der Haustür klingelte. Luise schreckte hoch. Sie war wohl doch kurz eingenickt. Vor ihr stand Fritz, verschmutzt und zerzaust, aber wohlbehalten. „Fritz!“, Luise fiel ihrem Bruder um den Hals. „Gott sei Dank! Du bist wieder da!“

„Ja“, lächelte ihr Bruder erschöpft, „und ich habe jemanden mitgebracht. Erst da nahm Luise die Frau wahr, die neben ihrem Bruder stand. Aber das war ja Hans´ Mutter! Auch sie war staubig und rußig von oben bis unten, ihr Kleid wies etliche Risse auf, aber auch sie schien unverletzt, wenn auch zu Tode erschöpft und verstört. „Schwiegermutter! Du lebst! Komm rein und ruhe dich aus.“ „Ja“, gab diese zur Antwort. „Ich lebe noch, das ist wohl mehr als ich erwarten durfte.“

„Da sind noch mehr Leute“, wies Fritz mit dem Kopf auf zwei ältere Herrschaften. „Das sind die Nachbarn von Großmutter Anna. Die wissen auch nicht, wohin. Ich nehme sie mit zur Mühle.“ In der nächsten Stunde war sie damit beschäftigt, Großmutter Anna zu helfen, sich notdürftig zu reinigen. Kohlen, mit denen sie das Bad hätte heizen können oder warmes Wasser gab es auf die Schnelle nicht. Außerdem brauchte ihre Schwiegermutter neue Kleider. Ihre eigenen konnte man nur noch wegwerfen. Großmutter, die inzwischen aufgewacht war, brachte etwas zum Anziehen, während Luise ein Bett herrichtete. Als sie am nächsten Morgen alle zusammen in der Küche saßen, wagte Luise erstmals, nach Otto und seiner Frau zu fragen. Aber die Großmutter wusste nichts von den beiden. Später am Tag ging Luise zur Mühle und befragte Fritz. Dieser wand sich erst ein bisschen und meinte dann: „Einer der Feuerwehrleute aus Bruchsal glaubt, dass er ihn tot auf der Straße liegen sah. Aber er war sich nicht hundertprozentig sicher.“ Luise war blass geworden. „Lulu, wart mal ab. Vielleicht hat der Mann sich ja geirrt.“ Tatsächlich hatte ihr Schwager den Angriff überlebt und seine Frau und ihr Dienstmädchen in ein Dorf im Kraichgau bringen können, wo das Mädchen herstammte. Als Arzt war er einer der wenigen, der auch im Krieg sein Auto hatte behalten können. Dieser Umstand war nun ihre Rettung geworden. Noch am Abend war Otto in die zerstörte Stadt zurückgekehrt, um sich um die zahllosen Verletzten zu kümmern. Die Zahl der Toten wurde auf etwa 1000 geschätzt. Wie viele Menschen verletzt worden waren oder ihr Obdach verloren hatten, war noch nicht abzusehen. Die Schulkameraden von Rolf, die noch im Unterricht gewesen waren, hatten dank des umsichtigen und mutigen Handelns ihrer Lehrerin alle überlebt. Ein Mädchen allerdings, das an diesem Tag nicht in der Schule gewesen war, war umgekommen.

Täglich kamen inzwischen Leute vom Bahnhof hergerannt, die aus dem Zug geflohen waren, der von den Tieffliegern beschossen worden war. Luise gewöhnte sich an, die Haustür nur noch angelehnt zu lassen Die Leute waren verängstigt und hatten oftmals Schürfwunden oder andere kleine Verletzungen. Luise ließ sie ins Haus, wo Trudel oder die Mutter etwas zu Trinken und Verbandszeug herbeiholten. So gut es ging, wurden sie von Luise verarztet und konnten bleiben, bis sie wieder in der Lage waren, weiter zu reisen oder nach Hause zu gehen. Einmal kam ein junges Mädchen mit einer Platzwunde an der Stirn und in heller Panik angelaufen. Luise verband sie und hielt sie im Arm, murmelte Trostworte und sang ihr etwas vor, bis sich das Mädchen wieder halbwegs beruhigt hatte. Luise, die das sehr mitnahm, zwang sich zur Ruhe und tat das Nötige. Für ihre Mutter waren diese Szenen kaum auszuhalten. Immer öfter klagte sie über Herzrasen, Beklemmung und Atemnot. Sie bekam vom Arzt Tropfen gegen Herzbeschwerden, die aber nur wenig halfen, da sie vor allem Ruhe gebraucht hätte, an die nicht zu denken war.

Einmal sah Trudel eine Gruppe von sechs zu Tode erschöpften Soldaten vor dem Haus und bat sie hinein. „Mutter, haben wir nicht etwas zu essen für unsere Soldaten? Schau nur, wie müde sie sind!“ Luise wurde ganz mulmig zumute. Was hatte sich das Mädchen nur dabei gedacht? Was um Himmels willen sollte sie denn sechs Männern vorsetzen, wo sie doch selbst kaum mehr etwas hatten? „Na, dann kommen Sie mal rein und setzen sich an den Tisch“, begrüßte sie die Männer. „Ich werde sehen, was ich machen kann.“ Im Küchenschrank fand sie Haferflocken, nahm Wasser und etwas Salz und kochte daraus eine Suppe. Dankbar begannen die Männer zu essen. Sie hatten noch nicht die Hälfte davon gegessen, als es an der Tür klingelte und ein Feldwebel grußlos hereinplatzte. „Was ist denn hier los. Auf, auf! Weiter geht es!“ Und so mussten die Männer ihre Suppe stehenlassen. Im Laufen riefen sie noch einmal ein Dankeschön und weg waren sie.

Als Ende März ein Generalmajor bei ihnen einquartiert wurde, der zur Verteidigung des Kraichgaus eingesetzt war, war ja dem Einfältigsten klar, dass der Krieg verloren war. Wem es nicht klar war oder völlig egal, das war Hitler selber. Ungeachtet dessen, dass die feindlichen Truppen bereits überall auf deutschem Boden standen, ließ er den Krieg immer weiterlaufen. Eines Tages kam Gretel tränenüberströmt angelaufen. Sie hatte die Nachricht erhalten, dass Rudolf in Gefangenschaft geraten war. Nun war es völlig ungewiss, wie es ihm ging und wann er wieder nach Hause kommen würde. Luise versuchte ihre aufgelöste

Schwägerin, die bereits wieder ein Kind erwartete, zu trösten so gut sie konnte. Es fiel ihr schwer, da sie diese Nachricht ebenfalls mit großer Sorge erfüllte.

Das Kriegsende kam am Ostermontag, dem 2. April. Die Franzosen hatten am Karsamstag den Rhein überquert. Am Sonntag gab es noch ein Artillerieduell, bei dem deutsche und alliierte Granaten über das Dorf flogen. Zudem war ein Volkssturmtrupp abkommandiert worden, von den unteren Mühlenwiesen aus einer Kanone auf die herannahenden französischen Truppen abzufeuern. Der Ortsgruppenleiter persönlich kam zu Fritz und bat ihn, mit dem befehlshabenden Feldwebel zu sprechen. Es würde ein Blutbad geben, wenn die Franzosen Langenbrücken im Kampf erobern sollten. Fritz ging nun zu dem Feldwebel hin und versuchte ihn zu überzeugen, von seinem sinnlosen Tun abzulassen. Dieser aber schrie: „Gehen Sie weg! Ich erschieße Sie, wenn Sie sich dem Endsieg in den Weg stellen!“ Fritz musste also unverrichteter Dinge wieder in die Mühle zurück. Der Trupp der Volkssturmsoldaten, bestehend aus einer Gruppe älterer Bauern, brachte die Kanone jedoch nicht mehr zum Schießen. Kurz darauf war Langenbrücken von französischen Kolonialtruppen besetzt.

Kapitel 18

Die Besatzer waren Algerier und Tunesier, die als Söldner in der Armee gekämpft hatten, aber so gut wie keine Versorgung erhielten. Stattdessen war es ihnen erlaubt, sich alles zu nehmen, was sie brauchten. Schnell machte es die Runde, dass die Soldaten nicht nur auf Nahrung, sondern auch auf Frauen und Mädchen aus waren. Einige junge Mädchen sollten schon vergewaltigt worden sein, hieß es. Luise zog sich ihre ältesten Kleider an und ließ ihre Haare unfrisiert, in der Hoffnung, dass sie sie dann in Ruhe lassen würden. Da läutete es auch schon an der Haustür Sturm. „Soll ich aufmachen?“, fragte Rolf. „Ja, mach auf, sonst schießen sie womöglich noch auf uns“, antwortete Luise. „Trudel, geh zur Großmutter und bleibt zusammen, dann wird es schon gutgehen.“ Da kamen die Soldaten auch schon zu fünft hereingestürmt. Sie rannten durch alle Zimmer, fanden jedoch nirgends etwas, das sich zum Mitnehmen für sie lohnte. Dann aber stürmten sie in den Garten und erblickten im angrenzenden Stück die Hühner und den Hasenkasten. Im Nu hatten sie die Tiere eingefangen. Kurz darauf kamen die Soldaten wieder in die Küche, jeder mit einem toten Huhn in der Hand. Einer von ihnen hatte auch Kuno, den großen Stallhasen, am Gürtel baumeln. Den wollte er sich wohl für später aufheben. Die Männer hatten die Tiere kurzerhand erstochen. Sie bedeuteten Luise, die Hühner nun für sie zuzubereiten. Als Luise ihre armen Tiere so sah, stieg eine Welle der Übelkeit in ihr hoch. Am liebsten wäre sie schreiend davongelaufen. Sie sah zu Rolf hinüber und sah, dass der Junge mit den Tränen kämpfte. Ihr kleiner großer Junge, der bei den schlimmsten Luftangriffen nie geweint hatte! Aber der grausame Tod ihrer geliebten und gehegten Hühner und des Hasen hatte das Fass zum Überlaufen gebracht. „Rolf, mein armer Junge! Geh und hole Holz zum Anfeuern. Ich muss diesen Ungeheuern jetzt nur noch beibringen, mir den Herd vom Keller wieder in die Küche hochzutragen.“ Dann stieg sie in den Keller und bedeutete den Männern mitzukommen. Schnaufend und von einem Wortschwall begleitet, trugen vier von ihnen den Herd also hoch in die Küche. Dann begannen die Großmutter, die mit Trudel dazugekommen war, und Luise, im Hof draußen die Hühner zu rupfen und auszunehmen. Es waren nur drei. Das vierte Huhn musste sich wohl versteckt haben. Die Soldaten schauten erst eine Weile zu, dann machten sie es den Frauen nach. Während Luise nun ein Huhn nach dem anderen in der großen Pfanne briet, lachten und jubelten die Männer wie Kinder in der Vorfreude auf das Festessen. Ohne Geschirr und Besteck nahmen sie die Hühner aus der Pfanne und begannen sich damit vollzustopfen. Dann begannen sie auch, den Kindern etwas in den Mund zu stopfen. Die Kinder waren viel zu eingeschüchtert, um sich dagegen zu wehren. Nachdem alles aufgegessen war, ging Luise mit Rolf in den Hof, um sauberzumachen. Trudel sollte in der Küche ein wenig aufräumen. Als Luise wiederkam, waren die Soldaten weitergezogen und Trudel verschwunden. „Mutter“, schrie Luise, „Trudel ist verschwunden! Hast du etwas bemerkt?“ Großmutter wurde blass. „Nein, ich…“, stotterte sie, „ich hatte mich oben etwas hingelegt. Mir war gar nicht gut.“ Rufend gingen nun Luise und Rolf von Zimmer zu Zimmer, riefen im Garten nach ihr und auf der Straße. Aber von Trudel keine Spur. Herr, im Himmel, lass das nicht wahr sein, dass die Soldaten ihr etwas angetan haben! Sie ist doch noch ein Kind!, ging es Luise durch den Kopf. Mutlos sank Luise auf einen Stuhl, Rolf setzte sich neben sie. Keiner sprach ein Wort. Es war vielleicht eine Stunde später, als Trudel zur Hintertür hereinlugte und dann schnell in die Küche schlüpfte. „Trudel! Wo warst du?", rief Luise. „Mutter, es ist alles in Ordnung bei mir. Ich hatte mich drüben bei Tante Gretel versteckt. Als du draußen warst, hat einer der Soldaten mich auf seinen Schoß gezogen und angefangen mich…" Sie brach ab und holte ein paar Mal tief Luft. „Aber dann entdeckten die Männer das vierte Huhn draußen auf der Straße. Es muss wohl in seiner Todesangst über den Zaun geflogen sein. Dem sind sie hinterhergerannt und ich bin dann zu Tante Gretel rüber gelaufen und habe mich über die Treppe in den ersten Stock geschlichen. Dort habe ich gewartet, bis sie alle weg waren."

„Gott sei Dank ist dir nichts passiert!" Luise war so erleichtert, dass ihre Beine nachgaben, als sie aufstehen wollte, um ihre Tochter zu umarmen.

Die Plünderungen und andere Gewalttaten hörten bald auf. Dafür aber musste Luise mit ihrer Familie zwei Wochen lang für einen französischen Offizier und seinen Burschen das Haus räumen. Gretel bot Luise an, solange mit den Kindern bei ihr zu wohnen. „Du hast mir schon so viel geholfen, Lulu. Endlich kann ich einmal etwas für dich tun", meinte sie. Die Kinder nahmen es recht gelassen hin und spielten viel mit ihren drei kleinen Cousins.

Nach drei Monaten kamen die Amerikaner. Auf einer Wiese nahe dem Dorf schlugen sie ein riesiges Zeltlager auf, in dem sie den Sommer über wohnten. Nach und nach versuchten die Menschen, sich wieder in eine Art Alltag zurückzufinden. Die beständige Lebensgefahr war nun vorbei, aber die Versorgung war praktisch zusammengebrochen. Zu essen hatte die Familie hauptsächlich das, was im Garten wuchs. Neue Hühner konnten sie keine anschaffen, Milch gab es nur noch gegen Tauschware bei den Bauern. Mit Geld konnte man so gut wie nichts mehr kaufen. Alles lief über Tauschhandel. Luise besaß jedoch so gut wie nichts, was sie hätte tauschen können. Ab und zu brachten Rolf und Trudel Schokolade mit nach Hause, die die Amerikaner den Kindern auf der Straße zusteckten und dann noch etwas ganz Neues und Eigenartiges: Chewinggum. Es war ein Stück Gummi, das nach Pfefferminze schmeckte, und auf dem man eine Stunde und länger herumkauen konnte. Die Kinder freuten sich über jedes Stück Schokolade oder eines dieser Kaugummis. Gut erzogen, wie sie waren, boten sie auch Luise und der Großmutter etwas davon an. Ganz ab und zu genehmigte sich Luise dann ein Stück Schokolade. Es schmeckte himmlisch, und für einen kurzen Augenblick konnte sie die Sorgen vergessen.

Eines Tages hörte Luise von zwei Lehrern, einem Mann und eine Frau, die ausgebombt in Langenbrücken bei Verwandten untergekommen waren. Sie suchte die beiden auf und organisierte für ihre und ein paar andere Kinder Unterricht in Deutsch, Englisch, Latein und Mathematik. Es wurden ein paar alte Schulbücher hergeholt, das meiste unterrichteten die beiden jedoch aus dem Gedächtnis.

Nach einem schönen Spätsommer schlug im September das Wetter um. Es regnete tagelang, und das Zeltlager der Amerikaner begann im Schlamm zu versinken. So klingelte eines Tages der wieder eingesetzte Bürgermeister Kuhn in Begleitung eines amerikanischen Offiziers an der Tür. „Guten Tag, Frau Schmich. Ich fürchte, ich habe keine guten Nachrichten für Sie. Ich habe Order, dass ihr Haus zusammen mit anderen neueren Häusern binnen zwei Stunden zu räumen ist. Den Hausrat müssen Sie hierlassen. Es ist nur ein wenig Handgepäck erlaubt.“ Luise glaubte nicht recht zu hören. Da hatte sie nun gedacht, das Schlimmste läge hinter ihr. Sie wurde blass vor Zorn: „Und für wie lange?“ Der Bürgermeister sah auf seine Schuhspitzen: „Rechnen Sie mal mit drei Monaten!“

„Drei Monate!“, Luise war außer sich. „Wer hat das befohlen?“ „Der General Eisenhower“, gab Herr Kuhn zur Antwort. „Den General Eisenhower soll der Teufel holen!“, schrie Luise, blind vor Zorn. Erschrocken hielt sie inne. Der Bürgermeister tätschelte ihr hilflos den Arm und lächelte entschuldigend dem Offizier zu, der auch ohne Deutschkenntnisse verstanden hatte. Rolf, der dabei gestanden hatte, stammelte: „Äh, sorry, Mister. We are sorry. My mum is only, äh...” Das Wort für “verzweifelt” kannte er noch nicht. „Also, my name is Rolf. How do you do?“ Luise kam es vor, als stünde sie selbst neben sich und würde von außen diese Szene betrachten. Rolf versuchte wohl nach Kräften, seine Mutter vor einer möglichen Verhaftung oder anderem Ärger zu bewahren. Der Offizier hatte erst gestutzt. Dann huschte ein Lächeln über sein Gesicht. „My name is Lieutenant Hanks. Nice to meet you. “

Kapitel 19

Verhaftet wurde Luise zwar nicht, aber das Haus war binnen zwei Stunden zu räumen. An dem Befehl gab es nichts zu rütteln. Außerdem durfte die Familie außer Handgepäck nichts mitnehmen, kein Bettzeug, kein Geschirr, nichts, was das Leben außerhalb irgendwie erleichtert hätte. Luise konnte es immer noch nicht fassen. Mühsam kämpfte sie die aufsteigenden Tränen nieder und wies die Kinder an, das Nötigste zu packen. Sie würden in der Mühle unterkommen. Der Bürgermeister hatte bereits mit Fritz und Maria gesprochen. Großmutter Schmich sollte nach Distelhausen zu ihrer Cousine ziehen. Auch Gretel und ihre drei Buben, zu denen zuletzt noch ein Mädchen dazugekommen war, mussten aus ihrem Haus. Sie sollten bei der Familie des Kohlenhändlers unterkommen. Während Luise und die Kinder noch packten, stand plötzlich Gerda, die achtzehnjährige Tochter der Familie in der Tür. „Hört mal", sprach sie leise, „ich habe draußen einen großen Wäschekorb stehen. Da hat Frau Kramer schon ein wenig von ihrem guten Geschirr und Silberbesteck hineingetan. Geben Sie mir von Ihrem doch auch dazu. Das verstecken wir für Sie, bis Sie wieder ins Haus können." Rasch suchte Luise ein paar Sachen zusammen und kurz darauf zog Gerda mit dem Wäschekorb im Leiterwagen ab. Obenauf hatte sie ihn mit einem Kartoffelsack abgedeckt, so dass es aussah, als würde sie Kartoffeln oder etwas Brennholz transportieren.

Als Luise mit Packen fertig war, rief sie Rolf und Trudel zu sich. „Kinder, ich werde auf jeden Fall ein Federbett für euch beiden aus dem Haus schmuggeln. Es wird jetzt Herbst. Zu Heizen gibt es nicht viel, die Kammern sind eiskalt. Ihr müsst es nachts warm haben, Befehl hin, Befehl her." „Und wie willst du das machen?", fragte Trudel. Luise antwortete: „Ich habe einen Plan. Trudel, du stehst Schmiere und schaust, dass uns niemand sieht. Rolf und ich schaffen zwei Deckbetten zur Hintertür raus. Die legen wir in die Garage und legen ein paar Kartoffelsäcke drauf. Morgen oder übermorgen, wenn die Amis bei ihrem Dienst sind, holen wir die Decken."

„Au ja", rief Trudel begeistert. „So machen wir es. Das wird spannend! Ätsch! Sollen die dummen Amis doch sehen, wie sie sich zudecken!"

In Bruchsal war nach wie vor kein Schulunterricht möglich, zu viele Gebäude waren zerstört worden. Rolf und Trudel gingen vorläufig in die Volksschule, die im Oktober wieder angefangen hatte. Die beiden waren froh, wieder eine regelmäßige Beschäftigung zu haben und Gleichaltrige zu treffen. Der Lehrer war ein müder alter Mann, der schon längst das Pensionsalter überschritten hatte. Während viele seiner Kollegen in der Partei gewesen waren und somit erst einmal Berufsverbot hatten, war dieser unbelastet. Leider besaß er nicht besonders viel Autorität bei den Schülern, die ein strenges Regiment gewohnt waren. Einmal saß Luise mit den Kindern beim Abendessen. Rolf machte einen kleinen Witz und Trudel lachte laut darüber. Dann machte sie eine alberne Bemerkung und kicherte ausgiebig dazu. Rolf setzte eine gespielt strenge Miene auf und sagte: „Schmich, sei doch nicht so albern!" Da lachten die beiden noch mehr. Luise musste mitlachen. Dann fragte sie, wieso Rolf Trudel mit „Schmich" angeredet hatte. Trudel meinte: „So macht das unser Lehrer immer. Und dann müssen wir noch mehr lachen!" Luise schüttelte den Kopf. Eigentlich hätte sie die Kinder jetzt zurechtweisen müssen, dass sie mehr Respekt vor dem Lehrer haben sollten. Aber Luise war froh, dass die Kinder für einen Augenblick so unbeschwert sein konnten, und ließ es bleiben.

Rolf war besonders froh um die Schule. Er war dankbar für jede Minute, in der er nicht die verhasste Feldarbeit verrichten musste. Luise tat der Junge leid. Sie sah wohl, dass die Arbeit für ihn oftmals mühselig war. Trotzdem war das Ackern auf den verschiedenen Stücken Land beinahe jeden Tag notwendig, da es die einzige Möglichkeit war, sich mit Kartoffeln, Obst und Gemüse halbwegs durchzubringen. Maria gab Luise von ihren Eiern hin und wieder welche ab, aber viel konnte sie nicht entbehren.

Als Luise und Rolf eines Tages vom Feld nach Hause gingen, rannte ihnen Fritz entgegen. „Kommt schnell zu uns in die Mühle! Es gibt was zu Feiern!" Die beiden folgten Fritz in die Küche der Mühle und da saß niemand anderes als Rudolf am Tisch. Mit einem Freudenschrei fielen sich die Geschwister um den Hals. Er war es wirklich, ihr kleiner Bruder. Etwas blass und abgemagert, aber sonst anscheinend wohlbehalten. Auch Großmutter strahlte über beide Backen. Jetzt hatte sie alle ihre Kinder wieder!

Der Herbst ging in den Winter über. Es regnete oft und war kalt und stürmisch. Die Kinder hätten neue Schuhe für den Winter gebraucht. Aber es gab keine zu kaufen. Notdürftig ließ Luise die Schuhe beim Schuster immer wieder flicken und neu besohlen. Außerdem waren sie beide aus ihren warmen Sachen vom letzten Jahr herausgewachsen. Mit Wollresten aller Art strickte Luise Verlängerungen an die Pullover der beiden. Aus einem alten Wintermantel der

Großmutter ließ sie von der Schneiderin einen Mantel für Trudel machen. Die Großmutter war klein und rundlich. Trudel jedoch großgewachsen und schlank. So mussten auch hier noch Stoffreste angesetzt werden. Luise hätte heulen können, wenn sie ihre Kinder so sah. Aber im Grunde sahen alle Leute so aus, also war es auch schon wieder fast egal. Zu ihrem Geburtstag im November schenkte Maria ihr die Zutaten für einen Marmorkuchen. So konnten sie wenigstens ein bisschen gemütlich zusammensitzen bei Kuchen und Malzkaffee.

Luise hatte mit Rolfs Hilfe als Übersetzer von den Amerikanern die Erlaubnis bekommen, einmal in der Woche im Haus zu putzen, so dass sie immer ein wenig nach dem Rechten sehen konnte. Außerdem durfte sie täglich in der Küche für die Familie kochen. Das Essen konnte sie dann im Leiterwagen in die Mühle schaffen. Rolf hatte einen Job als Schuhputzer und wurde in Schokolade ausbezahlt. Einen Teil der Schokolade aß er sofort, wobei er immer mit Luise, Trudel und der Großmutter teilte. Manchmal sparte er die Schokolade auf und konnte sie gegen andere Dinge tauschen. Vier Wochen lang bewohnten Offiziere ihr Haus und hielten es recht sauber. Danach jedoch kamen sechs GI hinein und verwandelten die Zimmer in kürzester Zeit in einen Saustall. Als Luise in dieser Zeit das Haus erstmals betrat, glaubte sie nicht recht zu sehen. Bereits neben der Haustür stand eine große Schachtel mit Kondomen. Auch Rolf, der hinter ihr ins Haus kam, sah die Schachtel. Luise stieß einen Schrei aus. Sie war so wütend, dass sie am liebsten etwas kaputtgehauen hätte. Aber das Kaputthauen besorgten offensichtlich schon die GI, wie sie nach einem Rundgang durchs Haus feststellen musste. Wenn sie

Brennholz brauchten, bedienten sie sich anscheinend ab und an auch einiger Möbel. Zudem war der Plattenboden im Bad gesprungen, da die Soldaten offensichtlich das Holz direkt auf dem Boden spalteten. Die Bettwäsche, ihre schöne Bettwäsche, die sie zur Hochzeit bekommen hatte, war schmutzig und verfleckt und stank zum Himmel." Lieber Gott", betete Luise, „gib mir Kraft, das alles hier auszuhalten und nicht durchzudrehen."

Weihnachten kam näher, aber Luise hatte kaum Zutaten, um auch nur ein paar Plätzchen zu backen. Geschenke für die Kinder hatte sie auch keine. Großmutter Anna hatte aus Distelhausen ein Päckchen mit zwei Büchern geschickt. Die legte Luise mit je einem Paar Strickhandschuhen für Rolf und Trudel unter das kleine Tannenbäumchen, das sie im Wald geholt hatten. Rolf schenkte seiner Mutter einen Stapel Brennholz, das er gesammelt und zurechtgesägt hatte. Trudel hatte aus alten Zeitungen Sterne gebastelt, die sie an das Bäumchen hängten. Außerdem hatte sie für ihre Mutter ein paar Strümpfe gestrickt, die sie mit Hilfe der Großmutter heimlich angefertigt hatte. Luise waren diese Geschenke wertvoller als teure Sachen, weil sie sah, wieviel Mühe sich die Kinder gegeben hatten.

Kurz nach Weihnachten wollte die Großmutter einmal mit ins Haus. Luise war dagegen. „Bleib doch da, Mutter. Du kannst mir ja doch nichts helfen. Und den Amis traue ich nicht. Sie sind mir wirklich nicht geheuer." Aber Großmutter bettelte und bat, so dass Luise schließlich nachgab. Unbemerkt schlüpften die beiden ins Haus und verschwanden in der Küche. Als aber die Soldaten in die Küche kamen, wo Luise gerade kochte, gingen sie schnurstracks auf die Großmutter zu, die am Tisch saß. Einer brüllte unentwegt etwas, das die beiden Frauen nicht verstanden. Aber Luise konnte es sich schon denken. Sie beeilten sich, ihre Töpfe mit dem Essen nach draußen zu tragen. Als sie schon auf der Treppe waren, blieb Großmutter noch einmal stehen und sah sich um. Das hätte sie nicht tun sollen. Der Soldat, der vorher so gebrüllt hatte, sprang die Treppe herunter und gab der Großmutter einen Stoß. Mit einem lauten Schreckensschrei fiel sie kopfüber mehrere Stufen hinab. Der Topf mit den gelben Rüben, den sie getragen hatte, fiel scheppernd zu Boden und die Rüben lagen auf den Treppenstufen. Luise war so erschrocken, dass sie dachte, ihr würde das Herz stehen bleiben. „Mutter!“, schrie sie. Ohne sich um die verletzte Frau zu kümmern, war der Soldat wieder ins Haus zurückgegangen und hatte die Haustür zugeknallt. „Mutter! Kannst du mich hören? Hast du dir sehr wehgetan?“, rief Luise verzweifelt. Stöhnend öffnete die Großmutter die Augen und versuchte sich aufzurichten. Sie hatte Schürfwunden im Gesicht und an den Armen und Knien. „Meine Knie!“, wimmerte die Großmutter. „Sie tun so weh!“ „Bleib ruhig liegen. Ich hole Hilfe“, rief Luise. So schnell sie konnte, rannte sie zum Haus des Doktors. Ohne sich um die Patienten im Wartezimmer zu kümmern, klopfte sie am Sprechzimmer an und stürmte, ohne auf Antwort zu warten, hinein. „Herr Doktor, kommen Sie schnell. Meine Mutter ist gestürzt!“ Erschrocken sah der Arzt die aufgelöste Frau an. „Wo ist sie denn?“ Luise musste gegen die Tränen ankämpfen. „Sie liegt bei uns vorm Haus. Einer der Soldaten hat sie die Treppe runtergestoßen.“

„Ja, um Gottes Willen! So ein Unmensch!“, rief der Doktor. Dann wandte er sich seiner Patientin zu: „Frau

Schmiedel, wir sind ja so weit fertig. Sie sehen, ich habe hier einen Notfall." „Ja, natürlich", meinte die Frau, stand auf und verabschiedete sich rasch. „Kommen Sie, Frau Schmich. Wir fahren mit meinem Auto." Er kannte Luise als ruhige und stets gefasste Frau Noch nie hatte er sie so erlebt. Das würde ein Nachspiel für den Soldaten haben, das schwor er sich. Als sie bei der Großmutter ankamen, hatten sich schon zwei Frauen aus der Straße bei ihr eingefunden. Sie hatten sie etwas aufgerichtet, so dass sie ans Mäuerchen gelehnt sitzen konnte. Der Arzt war froh, dass sie bei Bewusstsein war. Wie es schien, hatte sie großes Glück gehabt. Mit vereinten Kräften schafften sie es, die Großmutter ins Auto zu setzen. Luise nahm auf der Rückbank Platz. Die Frauen reichten ihr die zwei Töpfe. „Ach Gott, Frau Schmich! Sachen gibt's! Und die schönen Rüben sind auch noch futsch. Hier nehmen sie von mir ein Glas Einmachgurken", meinte die eine und reichte ihr das Glas. Luise bedankte sich sehr. Die Frauen wünschten der Großmutter noch gute Besserung, dann fuhr der Doktor los.

Daheim in der Mühle kamen die Kinder angelaufen, als sie das Auto hörten. Auch Maria war herausgekommen. „Um Himmels Willen, was ist denn passiert?", rief sie. Mit vereinten Kräften brachten sie die Großmutter ins Haus. „Wir legen sie erstmal hier im Wohnzimmer aufs Sofa", meinte Maria, „die Treppe rauf schafft sie nicht. Ich werde gleich ein wenig Feuer machen."

Als die Großmutter auf dem Sofa lag, untersuchte sie Dr. Bach noch einmal gründlich. Dann sagte er: „Außer ein paar Prellungen und Schürfwunden kann ich erst einmal nichts feststellen. Sie haben viel Glück gehabt! Ruhen sie sich schön aus. In ein paar Tagen wird es hoffentlich schon etwas besser sein. Ich lasse Ihnen etwas zum Einreiben da und gebe Ihnen noch eine Spritze gegen die Schmerzen.“ Luise begleitete den Arzt nach draußen. „Vielen Dank, Herr Doktor.“ „Das war doch selbstverständlich. Aber, Frau Schmich, ich denke Sie sollten den Vorfall bei der Ortsbehörde melden. So geht das doch nicht!“

„Meinen Sie wirklich?“ Luise wurde mulmig bei dem Gedanken, gegen einen Soldaten der Besatzer Beschwerde einzulegen. „Ja, das meine ich“, gab der Arzt zurück. „Wenn Sie wollen, begleite ich Sie und sage als Zeuge aus.“

„Das wäre gut“, meinte Luise erleichtert. „So könnten wir es machen.“ Und so verabredeten Sie sich für den nächsten Morgen gleich acht Uhr am Rathaus.

Am anderen Tag betrat Luise mit dem Arzt zusammen das Gebäude. Am Eingang stand ein GI und blickte sie streng an. Der Doktor sagte etwas auf Englisch, und der Soldat trat zur Seite. Im ehemaligen Vorzimmer des Bürgermeisters saß eine Sekretärin und tippte etwas auf der Schreibmaschine. „Guten Tag“, sagte Luise auf Deutsch. Wir möchten zum Kommandanten.“ Die Sekretärin forderte sie auf, auf einer Bank Platz zu nehmen und zu warten. Kurz darauf wurden sie hereingebeten. „Guten Tag“, begrüßte Sie der Kommandant nicht unfreundlich. „Worum geht es?“

„Sie sprechen deutsch?“, fragte Luise erstaunt. „Ja, meine Eltern stammen aus Deutschland. Sie sind 1920 nach Amerika ausgewandert. Ich war damals zwölf.“ „Ja, gut, also“, begann Luise und holte tief Luft, „ich möchte einen Vorfall melden.“ Sie erzählte, was passiert war. Der Doktor bezeugte, die Frau verletzt vor dem Haus vorgefunden zu haben. Der Kommandant sah sehr nachdenklich aus. „Das tut mir ehrlich leid“, sagte er. „So etwas darf nicht vorkommen. Das wird für den Soldaten Konsequenzen haben.“ Dann stand er auf und begleitete Luise und den Arzt hinaus. „Eine Frage hätte ich noch, Frau Schmich. Wo ist ihr Mann?“

„Mein Mann lebt nicht mehr. Er starb vor elf Jahren an einer Lungenentzündung.“

„Aha. Dann leben Sie allein?“

„Na ja, mit meinen zwei Kindern und meiner Mutter zusammen“, erwiderte sie. Wieder schaute sie der Kommandant nachdenklich an. „Ich glaube, Sie sind eine sehr tapfere Frau.“ Luise lächelte zaghaft. „Ich fürchte, mir bleibt nicht viel anderes übrig.“

Als sie zwei Tage später ins Haus kam, war der Soldat weg. Viel später erfuhr sie, dass der Soldat einen Verweis erhalten hatte und wegversetzt worden war.

Einen Monat später kamen die amerikanischen Soldaten woanders hin, und Luise durfte mit ihrer Familie endlich wieder ins Haus. Auch Gretel und Rudolf konnten wieder in ihr Haus ziehen. Das war eine große Freude und Erleichterung. Für Rolf und Trudel war die Enge in ihrem Exil nicht ganz so belastend gewesen wie für die vier Kleinen von Gretel und Rudolf. Mit unbändiger Energie rannten die drei Buben um die Wette und steckten alle mit ihrer Fröhlichkeit an. Die kleine Regine hatte gerade angefangen zu krabbeln und versuchte, ihren Brüdern hinterherzukommen.

Mit Luises Familie zog auch die Familie Moser mit ins Haus. Das waren Paul, Luises Cousin, seine Frau und ihr vierzehnjähriger Sohn. Wolfgang und seine Mutter waren 1943 von Berlin evakuiert worden, während Paul im Krieg war. Damals waren sie bei Gretel und Rudolf untergekommen. Kurz nach Rudolf war auch Paul aus der amerikanischen Gefangenschaft heimgekehrt und hatte den Herbst und Winter mit seiner Familie in einer Notunterkunft zugebracht. Als im Januar endlich die Häuser wieder frei waren, bot Luise Paul und Irma an, zu ihr zu ziehen. Auch Großmutter Schmich kehrte von Distelhausen zurück. „Bei dir fühle ich mich doch am wohlsten, liebe Luise", meinte sie. Luise selber hätte sich am wohlsten gefühlt, wenn sie doch endlich einmal in Ruhe mit ihrer Mutter und den Kindern im Haus hätte leben können, zumal nun die Mosers noch dort wohnten. Aber das getraute sie sich nicht zu sagen. Es war nun mal ihre Schwiegermutter, die ihr Heim verloren hatte. Die Mosers waren ruhige liebe Leute, mit denen sie gut auskam. Rolf hatte mit Wolfgang beinahe einen Bruder gefunden. Die beiden verbrachten viel Zeit zusammen und schlossen Trudel oft in ihre Unternehmungen mit ein.

Kapitel 20

Durch puren Zufall erfuhr Luise Mitte Februar, dass für Rolf der Unterricht in Bruchsal im Gymnasium wieder anfangen würde. „Mutter, das ist ja eine großartige Nachricht“, meinte der Junge, als sie beim Mittagessen saßen. „Ja, im Prinzip schon“, antwortete Luise. „Aber zwei Sachen machen mir doch Sorge. Sie schreiben, dass die Räume absolut nicht geheizt sind, weil sie kein Brennmaterial haben. Außerdem fährt ja nur der Zug um halb sieben morgens. Da bist du viel zu früh in der Schule. Und mittags fährt im Moment gar keiner, erst abends wieder.“ „Och Mutter, dann lauf ich eben heim. Hauptsache, ich kann wieder richtig lernen.“

„Ja, und Hauptsache, du musst zu Hause nicht mehr so viel helfen, gell“, neckte Trudel ihn. „Mm ja, das vielleicht auch“, grinste Rolf. „Bitte, Mutter, lass es mich versuchen!“

„Na schön, wir probieren es“, willigte Luise ein.

Auch Trudels Mädchenschule nahm den Betrieb wieder auf. Da sie sich aber das Gebäude noch mit einer weiteren Schulen teilen musste, hatte Trudel nur an drei Tagen am Nachmittag Schule. Berta bot an, dass Trudel mit dem Frühzug nach Ubstadt fahren und nach dem Mittagessen bei der Tante von dort nach Bruchsal laufen konnte. Luise nahm das Angebot an. Abends fuhr Trudel dann mit dem Zug nach Hause. Es war eine ungemein anstrengende Zeit für die beiden Kinder, aber Luise wusste nicht, wie sie den beiden die Strapazen hätte ersparen können, ohne dass sie noch mehr Unterricht versäumten als ohnehin schon.

Eines Tages kam Trudel von der Schule nach Hause und

hatte ein sehr geheimnisvolles Gesicht aufgesetzt. „Kommt mal mit in den Garten. Ich habe etwas mitgebracht“, forderte sie die anderen auf. Neugierig folgten alle Trudel nach draußen. Da stand ein kleiner Kasten mit einem löchrigen Deckel obendrauf. Vorsichtig hob Rolf den Deckel. Da saßen zwei kleine Häschen, ein braunes und ein schwarz-weißes. „Oh, sind die niedlich!“, rief der Junge entzückt. „Woher hast du die?“

„Die hat mir Tante Berta geschenkt. Sind sie nicht hübsch?“, gab Trudel zur Antwort. Ihre Backen glühten vor Stolz. Auch Luise freute sich: „Ja, Trudel! Das ist mal eine schöne Überraschung! Kommt, wir wollen sie gleich in Kunos ehemaligen Hasenstall bringen. Sie sind ja noch klein. Da passen sie auch zu zweit rein. Später sehen wir weiter.“

Unermüdlich suchten die Kinder nun täglich Futter für die zwei Hasen, vor allem Klee und Löwenzahn. Luise gab ihnen dazu noch Rüben- und Apfelschnitze, so dass sie prächtig wuchsen. Trudel hatte es sich zur Mission gemacht, eine Hasenzucht aufzubauen. Sie fragte im Dorf nach guten Hasenmännchen, die sie zu ihren beiden Weibchen ließ. So brachte sie es mit der Zeit auf stolze 36 Hasen, die eng beisammen in notdürftig zusammengeschusterten Ställen saßen. Da sagte Luise zu ihr: „So, Trudel, jetzt ist es aber genug. Nun musst du dich auch von ein paar deiner Tiere trennen.“

„Aber, Mutter, du meinst, wir sollen sie schlachten?“, rief das Mädchen. „Na, ja“, wand sich Luise etwas, „das macht man wohl so mit Hasen, meinst du nicht?“ Trudel nickte traurig. „Und wer soll das machen?“, fragte sie bedrückt. Keiner aus der Familie wollte das tun. Da bot sich Herr

Fleischhauer an, der bei Rudolf im Mehlhandel arbeitete, vier der Hasen zu schlachten. Er hatte zuvor Trudel schon einige gute Ratschläge zur Hasenhaltung gegeben und bot sich nun für das Schlachten und Ausnehmen an. Danach gab es Hasenbraten, ein seltener Festschmaus für die Familie. Trudel hatte ihren Kummer halbwegs verdaut und stimmte zu, dass Luise ihr eine Mütze aus den Hasenfellen machen ließ. Einen Hasen bekam Herr Fleischhauer als Dankeschön, und zwei der Hasen tauschten sie gegen andere Lebensmittel.

Eines Tages stand Luise wie üblich in der Schlange vor dem Lebensmittelladen, um zu sehen, ob es nicht etwas Reis oder Nudeln gab. Da erfuhr sie von einer Frau aus dem Dorf, dass ihre Tochter auf eine Mädchenschule nach Heidelberg ginge. „Wissen Sie, Frau Schmich, Heidelberg ist ja nicht zerstört. Unsere Irmgard hat zwar weit zu fahren und muss in Heidelberg noch ein Stück laufen. Aber die Schule ist wunderschön gelegen. Die Mädchen können dort jeden Tag in aller Ruhe lernen“, meinte die Frau. Luise brauchte nicht lange zu überlegen. Wenn Trudel im St. Raphael-Gymnasium aufgenommen würde und dort anders als in Bruchsal täglich zur Schule gehen könnte, wäre das ideal. Trudel wurde tatsächlich aufgenommen, musste aber einiges nachholen, da sie nur so unregelmäßig Unterricht gehabt hatte. Sie kam erst abends nach Hause, aß etwas, versorgte die Hasen, lernte noch ein wenig und fiel dann todmüde ins Bett. Aber die Schule gefiel ihr, und mit Irmgard hatte sie sich gut angefreundet. Luise war sehr erleichtert, dass sich für Trudel so eine gute Schule gefunden hatte. Wenn das Mädchen doch einmal klagte, weil sie so müde war, munterte Luise sie auf: „Weißt du, ich wünsche mir so sehr, dass du auch Abitur machst. Du könntest Lehrerin werden und dein eigenes Geld verdienen. Schau mich an: Kein Beruf, kein Geld, immer nur auf dem Feld rackern. Das wäre mir erspart geblieben, wenn ich etwas hätte lernen können."

Für Rolfs dreizehnten Geburtstag hatte sie sich eine Überraschung für ihren Sohn ausgedacht. Sie hatte von Hans noch zwei Forstuniformen aufbewahrt. Diese erinnerten sie an glücklichere Zeiten, als sie jung verheiratet war und gedacht hatte, sie würde mit Hans gemeinsam alt werden. Aber jetzt war nicht die Zeit für Sentimentalitäten. So holte sie eines Tages die Uniformen hervor und zeigte sie Rolf: „Schau, die gehörten einmal deinem Vater. Aber er braucht sie nicht mehr. Wir lassen sie umändern und eine Hose und eine Jacke für dich daraus machen." Beinahe ehrfürchtig betastete Rolf den Stoff. „Danke, Mutter, die Uniformen sind wunderschön. Vater würde sich bestimmt freuen, wenn er mich damit sehen könnte."

Kapitel 21

Luise freute sich täglich an den Hasen, da sie Tiere liebte. Zu gerne hätte sie wieder Hühner gehabt. Aber es ließen sich keine beschaffen. Das Geld war nichts mehr wert und zum Tauschen hatte sie nicht genug. Im Frühling 1947 kam ein großes Paket von Trudel aus Amerika an. Es enthielt lauter Wunderdinge, von denen man hier nur träumen konnte. Bohnenkaffee, Seidenstrümpfe und herrlich duftende Seife. Luise und die Kinder schnupperten abwechselnd am Kaffee und der Seife und wähnten sich im Paradies. Außerdem enthielt das Paket drei Damenkleider, die noch gut erhalten waren. „Wer gibt denn so etwas her?“, staunte die Großmutter. „Ich weiß ja auch nicht“, sagte Luise, „da drüben muss es wohl sehr reiche Leute geben.“

„Oh, Mutter, einmal zur Tante nach Amerika reisen und alles dort anschauen, das wäre mal was!“, rief Rolf begeistert. „Ja“, lachte Luise. „Wenn du groß bist und reich und berühmt, dann fahren wir alle mal dahin.“ Luise war der Schwägerin unendlich dankbar, denn jetzt hatte sie endlich Tauschware. „Kinder, wisst ihr, was wir als nächstes machen? Wir schaffen uns wieder Hühner an. Dann sind wir auch ein bisschen reich.“

Die Hühner machten Luise zwar Arbeit, aber auch Freude. Sie liebte die munteren Vögel und sorgte gern für sie. Jetzt hatte sie wenigstens wieder Eier und konnte den Kindern hin und wieder ein Spiegelei braten. Milch bekam man auf die Lebensmittelmarken gar nicht mehr, sondern nur noch im Tauschhandel bei den Bauern. Da hörte Luise von einem Bauern im weiteren Umland, der Ziegen züchtete. Luise beschloss, eine Ziege zu erwerben, koste es, was es wolle. Es kostete sie eine warme Daunendecke, genauer gesagt, ihre eigene. Aber das war es ihr wert. Sie ging erst allein hin, um sich die Tiere anzusehen, über die „Bezahlung“ zu sprechen und die beste Ziege auszusuchen. Die Kinder kamen mit, als sie das Tier abholte. Da stand die Geiß im Hof, weiß mit ein paar braunen Flecken. „Oh, ist die hübsch!“, rief Trudel und ging auf das Tier zu, um es zu streicheln. Die Ziege aber war wohl keinen freundlichen Umgang gewohnt und begann gleich, nach dem Mädchen zu stoßen. „He, na du bist mir ja eine“, rief Trudel empört. Dann zuckte sie mit den Schultern. „Na ja, musst dich halt erst an uns gewöhnen. Wenn du erst mal eine Weile bei uns bist, wird es dir schon gefallen.“ Luise und Rolf wechselten sich ab, die Ziege am Strick nach Hause zu bringen. Dabei gebärdete sie sich recht wild. Sie wollte wohl nicht gerne ihre Herde verlassen. Ein klein wenig hatte Luise ein schlechtes Gewissen. Sie wusste, dass sich die Ziege allein ohne einen Artgenossen nicht so recht wohl fühlen würde. Außerdem war die Garage, die sie als provisorischen Stall hergerichtet hatte, dunkel und schlecht belüftet. Sobald sie es möglich machen konnte, würde sie eine zweite Ziege kaufen und für die Tiere einen Stall bauen lassen. Aber vorerst musste es eben so gehen. „Wie sollen wir die Geiß nennen, was meint ihr?“, fragte Luise die Kinder. Rolf war es recht egal, wie das Tier heißen sollte. Trudel legte die Stirn in Falten. „Hm, wie wäre es mit „Flecki“, wegen ihrer braunen Flecken?“

„Bah“, Rolf machte eine abfällige Handbewegung. „Die ist doch kein Hase!“ Trudel war beleidigt. „Und wie soll sie dann heißen? Cleopatra vielleicht oder Katharina?“

„Ja“, grinste Rolf, „Katharina, das hört sich gut an!“

„Wie findet ihr Kathi? Das klingt doch recht freundlich", schaltete sich Luise nun ein. „Ja, das geht", stimmten die Kinder zu. Und so zog Kathi als neues Familienmitglied in die Garage ein. Jetzt hatten sie endlich Milch zum Trinken, aber auch zum Herstellen von Butter und Käse. Hierin hatte vor allem die Großmutter einiges Geschick. Außerdem war sie froh, sich auf diese Weise nützlich machen zu können. Kathi wurde tatsächlich mit der Zeit zutraulicher. Melken ließ sie sich aber nur von Luise. Hatten die Kinder mit der Beschaffung des Hasen- und Hühnerfutters schon regelmäßig zu tun, galt es nun, beinahe jeden Tag Unmengen von Gras aufzutreiben. Wiederum im Tauschhandel gegen eines der Kleider aus dem Paket aus Amerika hatte Luise mit Maria ausgemacht, dass sie dafür den Bachdamm in einem bestimmten Abschnitt mähen durften. Das Heu mussten sie immer erst in Säcke füllen und im Speicher zwischenlagern, was ein umständliches Unterfangen war. Kathi dankte ihrer Familie das gute Futter mit reichlich Verdauung. Weil die Garage direkt an den Keller anschloss, zog der Gestank ins Haus hoch. Da konnte man lüften, so viel man wollte.

Luise war froh, dass die Kinder vormittags in der Schule waren und so dem Geruch ein paar Stunden entfliehen konnten. Die beiden gingen gern zur Schule, auch wenn sie Vieles nachholen mussten, da sie doch fast ein Jahr keinen geregelten Unterricht mehr gehabt hatten. Jedoch fingen sie allmählich an, sich trotz der vielen Aufgaben ein wenig zu langweilen. Ihr Leben zwischen Schule und Arbeit im Haus und auf dem Feld bot ihnen kaum Abwechslung. Sie sagten das nicht offen, aber Luise las es wohl an ihren leeren Blicken ab, die sich dann und wann auf den Gesichtern abzeichneten, wenn sie sich unbeobachtet glaubten. Eines Tages, als sie zu Besuch in der Mühle waren, hatte Fritz eine Neuigkeit. „Hört mal, in Langenbrücken wollen sie eine Faustball-Mannschaft gründen und suchen Jugendliche und Männer dafür. Rolf, wäre das nicht was für dich?“ Rolf schaute fragend zu seiner Mutter, der das Aufleuchten in seinem Gesicht nicht entgangen war. „Ist er nicht noch ein bisschen zu jung dafür?“, meinte sie. „Ach nein. Unsere Buben gehen auch da hin. Die sind nicht viel älter. Lass es ihn doch versuchen“, entgegnete Fritz. „Ja, Mutter, ich möchte so gerne. Darf ich?“, bettelte Rolf. „Na schön, dann probiere es“, willigte Luise ein. „Für Trudel habe ich auch noch eine Überraschung. Komm einmal mit“, sagte Fritz und führte das Mädchen hinaus in den ehemaligen Kuhstall. „Schau mal, unsere Senta hat Junge bekommen.“ Da lag die Schnauzer Hündin, und an ihren Zitzen drängten sich vier kleine Hündchen. Drei davon waren nach Schnauzer Art grau, das Vierte aber war ganz weiß. „Oh, sind die so niedlich! Und das Weiße erst!“, flüsterte Trudel verzückt. „Möchtest du es gerne haben?“, schmunzelte Fritz. Mit seiner Fellfarbe schlug der Welpe aus der Art, so dass er ihn nicht würde verkaufen können. „Oh ja, wir müssen nur noch Mutter davon überzeugen.“ Luise war nicht gerade begeistert, als Trudel sie fragte. Sie hatte sich zwar früher einmal einen Hund für die Kinder gewünscht, aber jedes weitere Tier würde noch mehr Arbeit bedeuten. Doch sie sah die Sehnsucht in den Augen des Mädchens und stimmte zu. Einige Wochen später durfte Trudel ihr Hündchen abholen. Es war ein Weibchen und Trudel nannte sie Resi.

Kapitel 22

So verging das Jahr mit ein paar kleinen Freuden, die den Alltag zunehmend erträglicher werden ließen. Im November feierte Luise ihren 46. Geburtstag und konnte dank eines weiteren Paketes von Tante Trudel ihren Gästen zum ersten Mal seit Kriegsbeginn eine Tasse Bohnenkaffee anbieten. Dann kam das neue Jahr und mit ihm das neue Geld. War das Geld vorher nichts mehr wert gewesen, hatte es jetzt wieder einen Gegenwert, aber zu dem Preis, dass man für zehn Reichsmark nur eine D-Mark bekam. Die Schaufenster der Geschäfte waren mit einem Mal wieder gefüllt. Doch Luise hatte kaum Geld, um etwas zu kaufen. Also musste wieder weiter gespart und geackert werden. Aber so viel sie auch sparte, das Geld reichte vorne und hinten nicht. Besonderes Kopfzerbrechen bereitete Luise das Schulgeld für ihre beiden. Da erhielt sie ein Schreiben von Rolfs Schule, dass der Junge Erziehungsbeihilfe bekommen sollte und dazu wegen seiner hervorragenden Leistungen noch eine Kostenübernahme des Schulgeldes der Stadt Bruchsal. Rolf war glücklich, als sie ihm die Nachricht überbrachte. Luise nahm sein Gesicht in beide Hände. Früher hätte sie ihm noch einen Schmatzer auf die Backe dazugegeben. Aber jetzt war er schon einen halben Kopf größer als sie und im Begriff, ein junger Mann zu werden. Also begnügte sie sich damit, ihm kurz über die Wangen zu streichen. Für Trudel fanden sich Schulgeldpaten, so dass auch sie getrost weiterlernen konnte. Einige Monate später bekam Luise auch für Trudel Erziehungsbeihilfe. Die Beihilfen verschafften Luise ein wenig Luft. So wie sie genügend Geld gespart hatte, kaufte sie ein

Fahrrad. Es musste ein Damenfahrrad sein, damit beide Kinder damit fahren konnten. Irgendwann sollte Rolf auch ein Herrenrad bekommen, aber bis dahin musste er eben dieses benutzen. Sie selbst konnte kein Rad fahren, obwohl sie es sich oft gewünscht hatte. In der Mühle hatten sie kein Rad besessen. Außerdem waren im Dorf nur Buben oder Männer Rad gefahren. Komisch, dass es mir nie in den Sinn gekommen war, Hans einmal zu fragen, ob er mich mit seinem Rad einmal fahren lässt oder mir eins kauft, dachte sie bei sich. Hans hatte immer modern gedacht. In der Stadt würden auch Frauen Rad fahren, hatte er einmal gemeint. Er hätte es bestimmt möglich gemacht, wenn sie ihn gefragt hätte. Aber sie hatte nie gefragt, weil sie es als unschicklich empfunden hatte. So geht das, wenn man zu sehr darauf achtet, was die Leute sagen, schalt sie sich selbst. Jetzt bist du zu alt und wirst es wohl nicht mehr lernen.

Als nächstes ließ Luise hinten im Garten einen kleinen Stall mit Heuboden bauen. Kathi bekam nun endlich Gesellschaft in Gestalt einer jungen Ziege, die sie Liesele nannten. Zur großen Erleichterung der Familie konnten die beiden bald in ihr neues Zuhause umziehen. Somit nahm der ewige Ziegengeruch im Haus ein Ende, und das Heu konnte bequem gelagert werden.

Im April 1949 hieß es Abschied nehmen von Familie Moser. Paul hatte endlich eine Stelle als Ingenieur in Düsseldorf gefunden. Ein bisschen traurig waren Luise und die Kinder schon, da sie eine gute Gemeinschaft gewesen waren. Kaum war die Familie ausgezogen, beanspruchte Großmutter Anna ein zweites Zimmer. Das gefiel Großmutter überhaupt nicht. Die beiden hatten einen ordentlichen Streit, der damit endete, dass sich Großmutter mit einem „Herzanfall“, wie sie sagte, ins Bett legen musste. Dort blieb sie zwei Tage liegen und drehte sich beleidigt zur Wand, sobald Luise das Zimmer betrat. „Ach Mutter, jetzt schmoll doch nicht“, meinte Luise schließlich. „Du hast doch dafür ein großes Zimmer und Schwiegermutter hat eben zwei kleinere.“

„Macht, was ihr wollt“, brummte Großmutter. Aber schließlich stand sie wieder auf und fand sich damit ab.

Das Fahrrad war eine wunderbare Erleichterung. Rolf, der schon als kleiner Bub hin und wieder Rad gefahren war, konnte es am besten. Aber auch Trudel übte verbissen und lernte es recht bald. Nun lagen die Kinder Luise in den Ohren, dass sie es auch lernen sollte. „Du wirst sehen, das macht Spaß! Und du sparst so viel Zeit!“, versuchten sie ihr das Radfahren schmackhaft zu machen. „Also gut, versuchen wir´s“, gab sie schließlich nach. Aber nach einigen Versuchen musste sie es aufgeben. „Kinder, ich lerne das nicht mehr. Mein Gleichgewicht ist zu schlecht trainiert. Ich habe zu viel Angst, dass ich hinfalle.“ Dabei blieb es, da konnten die Kinder noch so sehr versuchen, sie zu überreden. Die Kinder konnten nun mit dem Rad viel schneller ins Feld oder in den Wengert gelangen. Immerhin konnte Luise das Rad nutzen, um Eimer oder Geräte leichter zu transportieren. Dass man mit dem Fahrrad auch nur zum Vergnügen herumfahren oder sich die Welt anschauen konnte, kam Luise nicht in den Sinn. Es war Rolf, der dieses Ansinnen vorbrachte. Kurz zuvor waren in den Westzonen die Grenzen geöffnet worden. Rolf war nun sechzehn Jahre alt, lebenshungrig und neugierig. Eines Tages, als Luise mit ihrer Familie und Franz, Rolfs bestem

Freund, in der Küche saß, rückten die beiden Jungen mit ihrem Plan heraus. Mit zwei weiteren Jungen wollten sie in den Sommerferien eine mehrtägige Radtour machen. „Und wo wollt ihr hin?“, fragte Luise. „Wir fahren über den Schwarzwald zum Bodensee und wieder zurück. Das ist jetzt groß in Mode!“ Luise wiegte bedenklich den Kopf. „Das ist aber arg weit, findet ihr nicht? Und dann über den Schwarzwald! Da müsst ihr tausend Höhenmeter überwinden!“ Was da alles passieren konnte! Andererseits waren die beiden Jungen keine unbedachten Draufgänger, und sie wünschte es sich für ihren Sohn, dass er etwas von der Welt zu sehen bekam. Nachdem sie noch eine Weile hin und her geredet hatten, gab sie ihr Einverständnis. Rolf strahlte über beide Backen, und Luise hatte das Gefühl, richtig entschieden zu haben. Trudel war ein wenig traurig, da auch sie gerne einmal weggefahren wäre. Da kam eines Tages eine Postkarte von Hans´ Schwester Liesel aus der Schweiz. Sie lud Trudel ein, die Sommerferien bei ihnen zu verbringen. Trudel war überglücklich. Luise wusste schon, dass Liesel die Einladung nicht ohne Grund an Trudel ausgesprochen hatte. Sie tat Gutes und profitierte selbst auch davon. Trudel sollte dort nämlich der Tante beim Hüten ihrer Kinderschar helfen. Trudel war das egal, Hauptsache, sie konnte auch einmal verreisen. Die Radtour der vier Freunde ging wohl besser vonstatten als Luise gedacht hatte. Rolf schrieb zwei Postkarten, auf denen er begeistert seine Erlebnisse schilderte. Was nicht geklappt hatte, behielt er vermutlich für sich. Erschöpft, aber hochzufrieden kamen die Jungen schließlich wieder zu Hause an. Luise selbst konnte nirgends hinreisen. Sie war gebunden durch den Garten, die Tiere und nicht zuletzt durch Mutter und

Schwiegermutter, die es zu versorgen galt. So war es damals schon gewesen, als sie und Hans noch verlobt waren. Er sah etwas von der Welt, sie war zu Hause in der Mühle. Erst war Hans nach Freiburg gegangen und hatte dann das Auslandssemester in Wien gemacht. Die Briefe und Postkarten, die er ihr damals geschrieben hatte, hatte sie alle aufbewahrt und hütete sie wie einen Schatz. Sie selbst hatte mit Ausnahme ihrer Hochzeitsreise nirgends mehr sonst hinreisen können. Ob das anders wäre, wenn sie noch einmal geheiratet hätte? Aber wer hätte das sein sollen? Es hatte ihr nun mal außer Hans niemand mehr gefallen. Zudem waren die meisten Männer über Jahre im Krieg gewesen und manche nicht mehr heil wiedergekommen. Und schließlich war sie mit der Sorge um die Familie zu beansprucht gewesen, als dass sie sich noch hätte einen Mann suchen wollen. Luise seufzte. So war ihr Leben wohl vorherbestimmt, zu ändern gab es da nichts und jetzt, wo sie auf die fünfzig zuging, sowieso schon nicht mehr. Ihre Kinder glücklich heranwachsen zu sehen, musste wohl genügen. Zu ihrer Freude und zur besseren Versorgung der Familie hatte Luise zuletzt noch zwei Schweine angeschafft. Sie brachte die beiden in einem kleinen Verschlag neben dem der Ziegen unter. Die Schweinchen waren noch jung und wurden bald zutraulich. Besonders genossen sie es, wenn Luise ihnen den Rücken kratzte. Luise gewann die beiden so lieb, dass es ihr schwerfiel, sie schlachten zu lassen. Nach dem Ende der beiden Tiere wollte sie keine neuen Schweine mehr anschaffen.

Rolf hatte zum Faustball 1949 noch mit der Leichtathletik begonnen. Er war ein guter Läufer und noch besserer Weitspringer. Luise war stolz auf ihren Sohn. Gern erzählte sie ihm, wie sportlich sein Vater gewesen war und wie sehr sie sich freute, dass Rolf in seine Fußstapfen trat. Bei einem Wettkampf ein Jahr später sprang Rolf die Bestweite von sechs Metern in seiner Altersklasse. Abends jedoch klagte er über Bauchschmerzen. „Ach, das war bestimmt nur die Aufregung“, meinte Luise, „ich mach die ein paar warme Wickel. Morgen geht es dir bestimmt wieder besser.“ Aber die Schmerzen wurden über Nacht noch schlimmer. Luise musste den Doktor holen. Der tastete Rolf nur vorsichtig ab, aber der Junge schrie auf vor Schmerzen. „Tja, das sieht mir sehr nach einer Blinddarmentzündung aus. Da muss der Blinddarm so schnell wie möglich raus. Ich rufe Ihnen einen Krankenwagen“, sagte der Doktor und machte sich eilig auf den Weg. Luise war es ganz elend geworden, als sie das Wort Krankenhaus hörte. Ihrem Hans hatten die Ärzte damals nicht helfen können. Es würde doch hoffentlich mit Rolf alles gut gehen! Der Arzt im Krankenhaus bestätigte die Diagnose, und noch am selben Tag wurde Rolf operiert. Alles ging gut, und wenige Wochen später war er wieder ganz hergestellt.

An einem Samstagabend kam Rudolf herüber. „Nanu, Rudolf, was treibt dich hierher?“, fragte Luise verwundert. Rudolf stand ein wenig unschlüssig herum und zupfte an seinen Jackenärmeln. „Jetzt setz dich halt und erzähl! Du hast doch was“, forderte Luise ihn schließlich auf. „Es ist so“, begann ihr Bruder umständlich. „Mein Lastwagen, das gute alte Stück, hat gestern endgültig den Geist aufgegeben. Ich habe ihn zu einem Bekannten zur Reparatur gegeben. Aber der meinte, da sei nichts mehr zu machen.“

„Das ist ja schlimm! Aber wie kann ich dir da helfen?“, wollte Luise wissen. Rudolf zögerte kurz, bevor er weitersprach: „Ich brauche einen neuen Laster. Dazu müsste ich einen Kredit aufnehmen, und dafür brauche ich einen Bürgen.“ Luise war blass geworden: „Aber Rudolf, du glaubst doch nicht etwa, dass ich…“ Rudolf zuckte nur mit den Schultern. „Wie hoch?“, wollte Luise wissen. „Zehntausend Mark.“ Luise rief: „Das ist nicht dein Ernst, Rudolf! Das kannst du nicht von mir verlangen! Warst du schon bei Fritz?“ Ihr Bruder blickte betreten zu Boden. Natürlich war er das und vermutlich hatte Fritz seine Bitte abgelehnt! Er war Geschäftsmann, ihr feiner Herr Bruder und nicht so blöd wie sie! Luise spürte, wie ohnmächtiger Zorn in ihr hochstieg. Sie war aufgesprungen und lief aufgeregt in der Küche auf und ab. „Luise, bitte!“, begann Rudolf noch einmal. „Der Mehlhandel läuft. Den Kredit habe ich bald abbezahlt, du hast da nichts zu befürchten.“ Luise blieb stehen und stieß die Luft aus. Dann setzte sie sich wieder. Sie blickte Rudolf ins Gesicht. Der Krieg und die Sorge um seine große Familie hatten in seinem Gesicht Spuren hinterlassen, und sein Haar begann, an den Schläfen grau zu werden. Aber irgendwie war er war ihr kleiner Bruder geblieben, für den sie sich mit verantwortlich fühlte. „Also gut. Ich mach´s. Aber wehe, du vermasselst es!“ Rudolf war aufgesprungen: „Nein, Lulu, ganz bestimmt nicht. Ich bin dir ewig dankbar!“ Übermütig drückte er ihr einen Kuss auf die Wange und war schon im nächsten Moment zur Tür hinaus.

Eines Abends kamen Rudolf und Gretel, die ihr fünftes Kind erwartete, herüber. Luise wunderte sich, dass sie beide gekommen waren und zudem so feierliche Mienen aufgesetzt hatten. „Guten Abend, ihr zwei. Setzt euch her“, begrüßte sie die beiden. „Guten Abend“, erwiderte Rudolf,

„wir wollten gern mit Rolf und Trudel etwas besprechen.“ Luise rief ihre Kinder, die oben in ihren Zimmern Hausaufgaben machten. Verwundert kamen die beiden in die Küche. „Was gibt´s denn, Onkel Rudolf“, fragte Trudel. „Gretel und ich wollten fragen, ob ihr beiden nicht Lust hättet, Pate und Patin von unserem Baby zu werden“, antwortete Rudolf ohne Umschweife. Trudels Augen begannen zu leuchten. „Sind die beiden nicht ein bisschen zu jung dafür?“, wandte Luise ein. „Nein, gar nicht“, meinte Gretel. „Man muss sechzehn Jahre alt sein. Das Alter hat Rolf ja, und Trudel beinahe. Das wäre doch nett, oder?“ Rolf zögerte. Ihm war nicht ganz wohl bei der Sache. Fragend schaute er zu seiner Mutter hinüber. Luise nickte ihm aufmunternd zu und sagte: „Also meinetwegen könnt ihr das Amt übernehmen. Ich denke auch, dass ihr das hinbekommt.“ So wurden also Rolf und Trudel die Paten der kleinen Margarete. Trudel liebte es, sich um die Kleine zu kümmern. Sie hatte auch bei den anderen Kindern von Gretel schon mitgeholfen, aber bei der Pflege des eigenen Patenkinds mitzuhelfen gefiel ihr noch besser.

Wieder ein Jahr später hatte Luise endlich das Geld für ein Herrenrad zusammengespart. Mit Rolf ging sie zum Fahrradhändler, wo er sich eines aussuchen durfte, das stabil, aber nicht zu teuer war. Stolz führte Rolf seinen kostbaren Besitz zu Hause vor. „Jetzt geht es mal richtig los mit den Radtouren, was Trudel?“, rief er. „Würdest du mich denn mitnehmen?“, fragte ihn seine Schwester aufgeregt. „Na ja, wenn du dich gut anstellst und wir recht gut trainieren, können wir nächsten Sommer auch mal etwas Größeres planen. Diesen Sommer kommt ja Vetter Hans-Peter aus der Schweiz zu uns. Da plane ich eine ordentliche

Jungens-Tour, erst Verwandtschaft abklappern und dann nach Norden, den Rhein entlang." Trudel machte große Augen: „So weit wollt ihr fahren?" Rolf antwortete: „Ja, bis Köln wollten wir schon. Da warst du doch auch schon, Mutter, nicht wahr?"

„Oh ja, das war unsere Hochzeitsreise. Da hatte euer Vater heimlich gespart und mir dann die Fahrt zur Hochzeit geschenkt", erwiderte Luise. Die Radtour von Rolf und seinem Cousin gelang noch besser als die erste im Jahr zuvor, weil Rolf nun wusste, worauf er achten musste. Luise war froh, dass ihr Sohn so sorgsam war und gut auf sich aufpasste. Sie mochte es sich nicht vorstellen, wenn einem ihrer Kinder jemals etwas Ernsthaftes zustoßen würde.

Indessen entdeckte Trudel neben ihrer Tierliebe die Freude am Auftreten und Aufsagen von Texten. Als der neue Pfarrer eingeführt wurde, wählte man sie aus, ihn in einer in Verse gefassten Rede zu begrüßen. Trudel nahm diese Aufgabe sehr ernst. Tagelang lief sie inbrünstig deklamierend durchs Haus. Bei einem Theaterstück, das bald darauf eingeübt wurde, bekam sie die Rolle des Engels, der einen langen, poetischen Monolog zu sprechen hatte. Rolf zog sie auf, dass sie sich jetzt auch sanftmütig wie ein Engel zu benehmen hätte, wenn sie schon einen darstellte. „Aha, und wie geht das deiner Meinung nach vor sich?", meinte Trudel kampfeslustig. „Du kommandierst mich herum und ich sage zu allem „Ja und Amen", was?" Rolf lachte glucksend: „Ja, so in der Art stelle ich mir das vor."

Beinahe jedoch wäre Trudels großer Auftritt ins Wasser gefallen. Das Mädchen bekam wenige Tage vor der Aufführung eine schlimme Halsentzündung. Luise zog alle Register, um ihre Tochter mit Hausmitteln zu kurieren.

Tatsächlich war die Stimme am Tag der Aufführung wieder da und Trudel konnte auftreten. Großmutter platzte beinahe vor Stolz, als sie ihre Enkelin auf der Bühne sah. „Schaut sie euch an! Diese künstlerische Ader hat sie von mir!“

Kapitel 23

Der neue Pfarrer war jung und besonders bei den Kindern und Jugendlichen sehr beliebt. Nach den zwölf dunklen Jahren der Nazizeit und dem Chaos der ersten Nachkriegsjahre war es Pfarrer Berger ein besonderes Anliegen, die Jugendarbeit in der Pfarrei aufzubauen. Rolf und Trudel waren mit Feuereifer dabei. Dass sie in ihrer knapp bemessenen Freizeit nun noch Seminare und Schulungen zur Leitung von Jugendgruppen hatten, störte die beiden nicht. Es herrschte eine ungeheure Aufbruchstimmung, von der sich auch Luise anstecken ließ. Endlich konnten sich Kinder und Jugendliche mit Gleichgesinnten zusammenschließen, ohne dass man fürchten musste, dass sie zu Hass und Gewalt erzogen wurden und im Krieg als Kanonenfutter missbraucht würden. Trudel liebte die Arbeit mit den Kindern ganz besonders. Sie wollte nach dem Abitur auf jeden Fall Lehrerin werden.

Eines Tages im Februar des neuen Jahres saß die Familie sonntags beim Mittagessen. Lustlos stocherte Rolf in seinem Teller herum. Luise sah ihn besorgt an: „Rolf, was hast du denn? Warum isst du nicht?“

„Ach ich weiß nicht recht. Hab keinen rechten Appetit heute“, antwortete Rolf. Dann platze er heraus: „In meiner Klasse wollen sie einen Tanzkurs organisieren, bei dem jeder mitmachen soll. Aber ich will das nicht! Peter und Michael und ein paar andere reden von nichts anderem mehr und davon, welche Mädchen wir dazu einladen sollen.“

„Aber Rolf“, rief Trudel, „das ist doch ein Riesenspaß! Natürlich machst du da mit! Jetzt sei doch kein Langweiler!“ Nun schaltete sich auch Luise ein. „Rolf, du bist doch ein guter Sportler und auch ein hübscher Bursche! Das kannst du dich ruhig trauen.“ Auch Großmutter war ganz lebhaft geworden: „Tanzen ist es etwas Wunderbares. Wie habe ich die Tanzstunden in unserem Mädchenpensionat geliebt! Wir hatten aber auch einen schmucken Lehrer. Mon Dieu! Mit deinem Großvater war ich auch einmal beim Tanz. Es war herrlich, obwohl wir beide schon nicht mehr so jung waren.“ Ein verklärtes Lächeln lag auf ihrem Gesicht. Rolf blickte hilflos von einer zur anderen. Na wunderbar, da hatten sie sich alle gegen ihn verschworen. „Aber Rolf! Jetzt mach doch nicht so ein Gesicht wie drei Tage Regen“, neckte ihn seine Mutter. Dann schaute sie zu Trudel hinüber. „Was meinst du Trudel. Möchtest du gerne mitmachen und deinem Bruder als Tanzpartnerin aus der Patsche helfen?“

„Ja klar möchte ich das! Nicht wahr, Rolf?“, antwortete sie. „Einverstanden“, brummte Rolf.

Zu ihrem fünfzigsten Geburtstag gab Luise für die Verwandtschaft ein kleines Festessen. Mit Hilfe der Kinder hatte sie extra das Wohnzimmer ausgeräumt und eine lange Festtafel aufgestellt. Endlich konnte sie ihre Gäste so bewirten, wie sie es sich für einen solchen Anlass vorstellte. Es gab Kalbsbraten, dazu selbstgemachte Nudeln und Kohlgemüse aus dem Garten. Zum Kaffee hatte sie Linzertorte und Käsekuchen gebacken. Maria hatte ihr dazu eine Schwarzwälder Kirschtorte als Geschenk überreicht. Beim Abschied sagte Fritz zu ihr: „Das war ein schönes Fest, Lulu, ganz wie früher in der Mühle, als wir noch jung waren.“

Kapitel 24

Trudel und Rolf machten beide 1953 Abitur. Während Rolf ein Schuljahr versäumt hatte, hatte Trudel mit einiger Anstrengung direkt in ihre Jahrgangsstufe wieder einsteigen können. Am Bruchsaler Schönborn-Gymnasium, wo viele Jahre zuvor Hans das Abitur gemacht hatte, legte nun Rolf seine Reifeprüfung ab. Er bekam den Preis als Klassenbester, dazu einen im Fach Deutsch und im Sport wie seinerzeit sein Vater. Außerdem sollte er die Abiturrede halten. Das war aber keine Rede im üblichen Sinn, sondern man hatte ihm ein Thema vorgegeben, über das er einen kurzen Vortrag halten sollte. Stunden hatte er damit zugebracht, seine Rede über Hermann Hesse und Thomas Mann auszuarbeiten. Bei der Verleihung der Preise bekam Luise feuchte Augen. Beinahe schien es ihr, als säße Hans neben ihr, so stark war sie in ihren Gedanken bei ihm. Trudel, die neben ihr saß, nahm ihre Hand und drückte sie stumm. Auch Trudel machte ein gutes Abitur. Die Nonnen an ihrer Schule, die sie sehr schätzten, hatten sie für die Dankesrede der Abiturientinnen ausgewählt. Luise war froh darum, dass auch Trudel solche Anerkennung fand. Sie hatte sich all die Jahre sehr bemüht, beide Kinder gleich zu behandeln, um keine Eifersucht entstehen zu lassen. Aber vielleicht wäre es Trudel doch sauer aufgestoßen, wenn immer nur ihr Bruder in allem glänzte.

Als nächstes stellte sich die Frage, was die beiden studieren sollten. Rolf hätte gerne Jura studiert. Sein Direktor hatte ihm in leuchtenden Farben eine juristische Karriere ausgemalt, vielleicht sogar eine Diplomatenlaufbahn. Als Luise das hörte, wurde sie energisch: „Nein Rolf, alles bloß das nicht. Als Richter hast du es immer nur mit Verbrechern und Tagdieben zu tun. Und als Diplomat lebst du gefährlich. Sobald es eine Krise in einem Land gibt, werden oft die Diplomaten als erste angegriffen." Auch Rolfs Cousins Hens und Erich, die beide Jura studiert hatten, hatten ihm abgeraten, jedoch aus ganz anderen Gründen. „Weißt du Rolf", hatte Hens gemeint, „da büffelst du nur noch. Du hast keine freie Minute mehr!" „Genau", hatte Erich ihm beigepflichtet, „das ist eine üble Schinderei! Mach bloß was anderes."

So hatte sich Rolf entschieden, Geschichte, Latein und Griechisch zu studieren. Das würde ihm wohl ebenso gut gefallen. Rolf träumte davon, Historiker zu werden. Schon bald stellte sich jedoch heraus, dass er wohl Lehrer werden würde, da die Stellen in der Wissenschaft rar und schlecht bezahlt waren. Luise tröstete ihn und meinte: „Deine Schüler bekommen eben einen ganz besonders guten Lehrer, meinst du nicht?" Für Luise war es vor allem wichtig, dass ihre beiden Kinder Berufe erlernten, mit denen sie sich und die Familien gut durchbringen konnten. Ein besonderes Anliegen war ihr, dass auch Trudel studierte. „Mach was aus dir, Trudel, und lerne etwas Gutes. Wenn du heiratest und vor der Zeit Witwe werden solltest, so wie ich, kannst du dich immer allein durchbringen", hatte sie ihr gesagt. Trudel wollte aber kein Studium an der Universität, denn das dauerte ihr zu lange. Sie machte ihr Vorhaben wahr und begann die Ausbildung zur Grund- und Hauptschullehrerin.

Im Herbst verschlechterte sich Großmutter Annas Zustand. Sie klagte häufig über Schwindel und Unwohlsein. Eines Tages brach sie in ihrem Zimmer ohnmächtig zusammen. Luise hörte ein dumpfes Poltern und rannte nach oben. Da lag ihre Schwiegermutter ohne Bewusstsein am Boden. Rasch holte Luise etwas Wasser aus dem Bad und begann damit, vorsichtig Handgelenke und Wangen mit dem Wasser abzureiben. Da kam die Großmutter wieder zu sich. „Was ist passiert?“, fragte sie mit schwacher Stimme. Luise antwortete: „Du bist ohnmächtig geworden und hingefallen.“ Auch die Kinder hatten das Poltern gehört und waren herbeigelaufen. Mit Rolfs Hilfe hob Luise die Großmutter auf und legte sie auf ihr Bett. „Rolf, schnell fahr zum Doktor. Er soll nach der Großmutter sehen. Vielleicht muss sie ins Krankenhaus.“ Dann wandte sie sich wieder ihrer Schwiegermutter zu: „Hast du Schmerzen?“ „Ja, im rechten Bein und im Rücken!“ Der Arzt diagnostizierte Prellungen. Zu der Ohnmacht konnte er nicht viel sagen, außer dass das Herz etwas schwach schlug. „Wir sollten sie ins Krankenhaus bringen.“ Dort stellten die Ärzte einen Schlaganfall fest. Nach zwei Wochen wurde sie entlassen, aber sie war nahezu bettlägerig. Nun hatte Luise zwei Pflegefälle zu Hause, denn Großmutter Idas Herz machte ihr immer häufiger ernste Probleme. Luise eilte von einer Patientin zur anderen und versorgte zwischendurch noch den Haushalt, die Tiere und den Garten. Sie war von früh bis spät auf den Beinen, um allen gerecht zu werden. Hinzu kam, dass Großmutter Anna keine einfache Patientin war. Sie war ungeduldig und rief ständig, ab und zu auch nachts nach Luise und brachte diese allmählich an den Rand des Zusammenbruchs. Dennoch hätte sie von sich aus nicht den Anstoß gegeben, eine der beiden in ein Pflegeheim zu geben. Es war Rolf, der das Thema eines Tages zur Sprache brachte. Er hatte in den Wochen, bevor sein

Studium beginnen sollte, eine ungewöhnliche Tätigkeit gefunden. Den Kindern des Zuckerfabrikanten im etwa zehn Kilometer entfernten Waghäusel sollte er eine Art Feriennachhilfe geben. Jeden Tag fuhr der junge Mann mit dem Fahrrad dorthin und am Nachmittag wieder zurück. „Schau, Mutter“, begann er, „ich bin jeden Tag unterwegs und bald bin ich tagsüber in Heidelberg. Trudel hilft, wo sie kann. Aber wenn ihr Lehrerseminar beginnt, ist sie ja auch weg. Du musst die Großmutter Anna in ein Heim geben.“ Luise seufzte: „Ich fürchte, du hast recht. Ich werde mal mit Onkel Otto reden. Vielleicht kann er etwas organisieren.“ Tatsächlich fand Otto, der als Amtsarzt in Bruchsal Verbindungen hatte, einen Heimplatz für seine Mutter. Der Abschied war nicht eben freundlich. Großmutter Anna konnte den Umzug ins Heim nicht verwinden, während Otto Verständnis für Luise hatte. Er kam mit dem Auto und holte die Großmutter mitsamt Gepäck ab. Wenn Luise auch ein schlechtes Gewissen hatte, überwog doch die Erleichterung. Es war, als fiele eine große Last von ihr ab. Sie konnte wieder in Ruhe essen und nachts durchschlafen. Dennoch hatten die vielen Jahre der übergroßen Sorge für die Familie in Kriegs- und Nachkriegszeit Spuren hinterlassen. So war sie oft schon nach dem Aufstehen müde und hatte nicht viel Appetit. Anfangs dachte sie, dass der Zustand sich schon noch bessern würde. Das tat er aber auch im folgenden Frühjahr nicht, und schließlich sagte sie es dem Doktor. „Wissen Sie was, Frau Schmich, wir schicken Sie mal in Kur. Ihre Kinder kommen doch bestimmt zurecht und Ihre Mutter könnte vorübergehend bei Ihrem Bruder in der Mühle wohnen.“ Erst wollte Luise sich nicht darauf einlassen, aber dann stimmte sie doch zu. Sobald alles geregelt war, begann sie, sich auf die Kur zu freuen. Die Kinder sagten ihr, sie brauche sich keine Sorgen zu machen. Sie würden schon zurechtkommen und sich um den Garten und die Tiere kümmern. Luise konnte es selbst kaum glauben. Endlich würde sie verreisen können! Es ging nach Bad Griesbach im Schwarzwald. Luise fand es herrlich dort. Die Landschaft gefiel ihr ebenso wie die Gesellschaft von den Frauen im Kurheim, von denen ebenfalls einige früh ihren Mann verloren hatten und die wie sie die Familie durchbringen mussten. Außerdem genoss sie es, einmal von allen Alltagspflichten befreit zu sein. Das hatte sie außer bei dem einen oder anderen Tagesausflug und ihrer Hochzeitsreise niemals mehr erlebt.

Als sie aus der Kur zurückkam, hatte sie neue Kraft für ihre täglichen Aufgaben wiedergewonnen. Der Studienbeginn der Kinder stand nun bevor. Rolf erhielt Erziehungsbeihilfe und einen Nachlass der Studiengebühren, so dass sie finanziell deutlich erleichtert war. Trotzdem mussten Rolf und Trudel in den Semesterferien arbeiten, um etwas dazu zu verdienen. Für eine D-Mark Stundenlohn hatte Rolf im Büro einer Gardinenfabrik Arbeit gefunden. Das war im Grunde jämmerlich, aber nicht unüblich. Da kam Rudolf eines Tages mit einer guten Nachricht zu ihnen herüber. „Rolf, ich kann dir für die Sommerferien eine Arbeit vermitteln, die dir bestimmt gefällt und die gut bezahlt ist“, sagte er mit einem zufriedenen Lächeln. „Die Gemeindearchive von Langenbrücken und den umliegenden Dörfern sollen aufgeräumt werden. Sie suchen Leute, die das machen, Bestandsaufnahme, die Akten nummerieren und in Karteikarten eintragen. Ich könnte dich da vorschlagen. Na, was sagst du?“ Rolf war begeistert. „Famos,

Onkel Rudolf, spitzenmäßig!“ Luise warf ein: „Das klingt interessant! Und wie ist nun die Bezahlung?“ Rudolf machte ein schlaues Gesicht: „Die Bezahlung ist die Krönung! Du bekommst 2,50 Mark die Stunde!“

„Mensch, Onkel Rudolf, du bist der Beste! Danke!“, rief Rolf. Dankbar schaute Luise ihren Bruder an. Der hatte es schon recht weit gebracht. Sein Mehlhandel lief mit sechs Angestellten sehr gut, so dass sie sich um die Bürgschaft keine Sorgen mehr zu machen brauchte. 1948 war er zum Gemeinderat und vier Jahre später zum Bürgermeister gewählt worden. Zudem liebte er das turbulente Leben mit seiner großen Familie. Rudolf hatte den Krieg verwunden und war in seinem Leben wieder angekommen. „Ich habe noch eine Neuigkeit. Wir bekommen wieder Nachwuchs.“

Nach zwei Mädchen bekamen Rudolf und Gretel wieder einen Jungen, der von seinen beiden Schwestern zärtlich geliebt wurde. Die Großmutter aber hatte zu ihren Herzbeschwerden nun noch Darmkrebs bekommen. Sie war endgültig bettlägerig geworden. Die Schmerzen konnten zuletzt nur noch mit Morphiumspritzen gelindert werden. Zudem hatte sie Wasser in der Lunge, so dass ihr das Atmen zunehmend schwerfiel. Sie aß immer weniger und irgendwann hörte sie ganz auf zu essen. Luise holte den Pfarrer, damit sie die letzte Ölung bekam. Sie und die Kinder hielten nun Tag und Nacht Wache bei der Großmutter, hielten ihre Hand und beteten oder sprachen leise mit ihr. Sie starb nicht leicht, aber doch in Frieden. Nach ihrem Tod fühlte Luise neben der Trauer auch eine Leere in sich. Plötzlich hatte sie Zeit. Keiner war da, der nach ihr rief oder der wollte, dass sie eine Arbeit jetzt sofort erledigte. Dieser Zustand war für Luise neu. Mit Mitte fünfzig war sie selbst nicht mehr jung, hatte sich jedoch kaum jemals um ihren eigenen Zustand gesorgt. Jetzt war sie tagsüber allein, allein auch mit ihren Gedanken, die häufig zurückwanderten. Sie dachte an ihre Kindheit in der Mühle, die noch so unbeschwert gewesen war. Dann dachte sie an die Zeit, als sie Hans kennenlernte und wie sie sich verliebt hatte. Über zehn Jahre hatten sie auf ein Zusammenleben warten müssen und gerade einmal gut zwei Jahre Ehe waren Hans und ihr vergönnt gewesen, bevor er krank wurde. Wenn sie an die vielen Jahre dachte, in denen sie auf die Heirat hatte warten müssen, stieg zuweilen ein wenig Bitterkeit in ihr hoch, auch wenn sie ihre beiden Kinder hatte, die sie über alles liebte. Rolf war meist so sehr in seine Studienarbeit vertieft, dass er nichts von Luises Seelenzustand mitbekam, zumal sie sich Mühe gab, sich nichts anmerken zu lassen. Trudel jedoch bemerkte es, dass ihre Mutter nicht so ausgeglichen war, wie sie sie kannte. So drängte sie Rolf, dass sie häufiger eine kleine Wanderung oder einen Ausflug zusammen machen sollten. Rolf war etwas beschämt, dass er nicht selbst gemerkt hatte, dass es der Mutter nicht gut ging. Er war mit allem einverstanden. Als Luise sah, wie sehr sich ihre Kinder um sie bemühten, freute sie sich darüber und schöpfte allmählich wieder neue Zuversicht.

Im Frühjahr 1955 machte Trudel ihr Examen und erhielt ihre erste Stelle im benachbarten Kronau. Luise war froh, dass Trudel bei ihr wohnen bleiben konnte. Zum Geburtstag wünschte sie sich ein Radio, zu dem die Kinder und Rudolf ihr Geld dazugaben. Jetzt sah man Luise tatsächlich häufiger müßig in der Küche sitzen und Musik hören. Gretel und Rudolf hatten noch einmal einen kleinen Jungen bekommen. Kurz darauf kündigte sich ihr siebtes und letztes Kind an.

Gegen Jahresende kam Rolf eines Tages nach Hause und eröffnete seiner Mutter, dass er ab Januar einen Platz im Studentenwohnheim in Heidelberg habe. „Es ist halt ein Dreierzimmer. Das ist jetzt nicht grade mein Wunschtraum. Aber dafür ist es günstig“, meinte er. Kurz nach Neujahr zog Rolf um. Nun war er unter der Woche nicht mehr zu Hause. Wenn er am Wochenende kam, berichtete er stolz und glücklich, wie gut es ihm in Heidelberg gefalle. Er ging jetzt neuerdings häufig zu Veranstaltungen des katholischen Christophorus-Bundes. „Wisst ihr, die machen richtig viel für die Studenten“, erzählte er, „Gottesdienste, Vorträge, Ausflüge und Wanderungen!“ „So, Ausflüge und Wanderungen“, echote Trudel. „Und gibt’s da auch Frauen?“ Rolf sah sie verdutzt an: „Ja, klar. Und?“ „Na, das frage ich dich?“ Rolf rutschte unbehaglich auf seinem Stuhl herum. „Nichts, Frauen halt.“

„Trudel, lass ihn zufrieden“, sprang Luise ihrem Sohn bei. „Wenn er was zu erzählen hat, wird er es schon noch tun.“ Da ging Rolf zum Gegenangriff über: „Dann erzähl du doch mal. Ich meine, ich hätte da was gehört von einem gewissen Ludwig Müller?“ Nun war es Trudel, die etwas verlegen dreinschaute. Luise schaute sie neugierig an: „Ludwig Müller, ist das nicht der Kollege, von dem du schon erzählt hast?“

Kapitel 25

Eines Sonntags im Advent war es so weit. Trudel stellte ihren Ludwig zu Hause vor. Sie hatte einen Käsekuchen gebacken und den Kaffeetisch besonders liebevoll gedeckt. Luise hatte sich besonders sorgfältig frisiert und trug ihr gutes Sonntagskleid. Sie war ein wenig aufgeregt, denn diese Situation war neu für sie. Wieder einmal wünschte sie sich brennend, Hans wäre noch am Leben und könnte mit ihr gemeinsam den zukünftigen Bräutigam ihrer Tochter kennenlernen. Es klingelte an der Haustür, und Trudel lief hin um zu öffnen. Luise war erst einmal sitzen geblieben. Sie wollte dem jungen Mann gegenüber nicht aufdringlich oder zu neugierig erscheinen. Dann betraten Trudel und Ludwig die Küche. Der junge Mann war groß gewachsen und stattlich. Er wog gerne 30 Pfund mehr als Rolf. Zudem hatte er eine dichte braune Haarmähne, mit der er Luise an den jungen Beethoven erinnerte. Ludwig ging schnurstracks auf Luise zu, die inzwischen aufgestanden war und reichte ihr die Hand. Sie erwiderte den Händedruck und sagte freundlich: „Guten Tag, Herr Müller. Freut mich, Sie kennenzulernen."

„Guten Tag, Frau Schmich. Freut mich ebenfalls", antwortete Ludwig. Er hatte einen ordentlichen Händedruck, so dass Luise froh war, als er wieder losließ. Dann setzten sich alle zum Kaffeetrinken an den Tisch. Rolf war ebenfalls dazugestoßen. Bald waren die drei jungen Leute in eine angeregte Unterhaltung über Unterrichtsmethoden vertieft. Luise beschränkte sich aufs Zuhören. Zum Glück fiel es Ludwig rechtzeitig ein, Luise mit Fragen zu ihrer Feld- und Tierwirtschaft ins Gespräch einzubeziehen, bevor sie sich gelangweilt oder geärgert hätte. Es gefiel ihm, dass Luise so tüchtig und praktisch veranlagt war. Luise fragte ihn nach seiner Familie. Ludwigs Vater war im letzten Jahr gestorben. Freimütig bekannte er, dass er finanziell nicht auf Rosen gebettet war. Er war in einem Konvikt zur Schule gegangen. Das Schulgeld war aber nur denen erlassen worden, die Priester wurden. Die anderen mussten das Geld in monatlichen Raten zurückzahlen. Luise meinte: „Machen Sie sich darüber nicht zu viele Gedanken, Herr Müller. Sie und Trudel haben ja sichere Berufe, mit denen Sie Ihr Auskommen haben werden.“ Trudel sah ihre Mutter dankbar an. Sie war einfach die Beste! „Weißt du Mutter, Ludwig ist handwerklich sehr geschickt“, meinte sie mit einem Seitenblick auf Rolf, der für handwerkliche Arbeiten nicht das Geringste übrig hatte. “Ja, ja, Frau Schmich. Sie brauchen nur was zu sagen“, pflichtete Ludwig ihr eifrig bei. „Ich helfe Ihnen gern.“ „So“, schmunzelte Luise, „das ist sehr freundlich! Da findet sich bestimmt was.“ Der Nachmittag verflog im Nu. Nachdem er gegangen war, fragte Trudel ihre Mutter und ihren Bruder: „Na, wie findet ihr ihn?“ „Sehr männlich“, hüstelte Rolf, „ein ganzer Kerl und Handwerker.“ „Ach, du bist doof“, lachte Trudel, „oder bist du etwa eifersüchtig?“ Luise meinte: „Dein Ludwig ist schon in Ordnung. Wenn er dich glücklich macht, dann heirate ihn“ Trudel fiel ihrer Mutter um den Hals: “Danke, Mutter! Da bin ich froh, wenn er dir gefällt!“

Ein Jahr später besuchten die beiden eine sogenannte Brautleute-Werkwoche für katholische Paare, was einer Verlobung gleichkam. Am Gründonnerstag 1957 wurde aus Trudel Frau Gertrud Müller. Nach ihrer Heirat bezogen

Trudel und Ludwig zwei Zimmer im Obergeschoss. Eine eigene Wohnung hätten sie sich nicht leisten können. Luise störte das nicht, im Gegenteil. Sie war froh, dass Trudel auf diese Weise bei ihr bleiben konnte. Außerdem hatte sie sich daran gewöhnt, dass stets viel mehr Menschen in ihrem Haus wohnten, als sie ursprünglich gedacht hatte. „Hier haben schon so viele fremde Leute gewohnt, dann könnt ebenso gut ihr beiden hier wohnen“, hatte sie zu Trudel gesagt.

Rolf kam jetzt nicht mehr jedes Wochenende nach Hausc. Er behauptete, dass er besser lernen und seine Arbeiten schreiben könne, wenn er allein in seiner Bude sitzen würde. Es gab aber noch einen anderen Grund. Er hatte eine Frau kennengelernt. Sie hieß Marita, studierte Französisch und Spanisch am Dolmetscherinstitut und war wie er im Christophorus-Bund. Als er einmal wieder zu Hause war, schlug seine Mutter ihm vor, ihn in Heidelberg einmal zu besuchen. „Wir könnten den Ehrenfriedhof anschauen, den ich doch schon lange einmal besuchen wollte und danach könnten wir zu Mittag in ein Gasthaus gehen und uns dort mit Marita treffen. Ich lade euch ein.“ Rolf zögerte erst, willigte dann aber ein: „Du hast ja recht, Mutter. Es wird langsam Zeit, dass du Marita kennenlernst. Sie wird dir gefallen.“ Und so war es auch. Die beiden Frauen hatten auf Anhieb einen Draht zueinander. Marita war gesprächig, lachte gern und schien viel Temperament zu haben. Später sagte Luise zu Rolf: „Marita gefällt mir. Sie ist gut für dich mit ihrer lebhaften Art. Außerdem scheint sie sich für Vieles zu interessieren. Sie hat mich sogar nach dem Garten gefragt, obwohl sie selbst doch aus der Stadt kommt. Mit ihr wird es dir bestimmt nicht langweilig. Und ihre schwarzen Haare gefallen mir besonders gut. Das hat so was Besonderes." „Das finde ich auch", stimmte Rolf eifrig zu, „und langweilig war es mir mit ihr noch keine Minute. Ich bin mir sicher, dass ich sie heiraten möchte." Luise sah Rolf freundlich an und sagte: „Meinen Segen habt ihr." Aber zuerst musste Rolf sein erstes Staatsexamen hinter sich bringen. Er war ehrgeizig und wollte so gut wie möglich abschneiden. An Heirat dachte er aber auch nach dem Examen noch nicht, auch wenn Marita und er nun schon eine Zeit lang verlobt waren. Zuerst wollte er noch promovieren, denn so endgültig mochte er den Traum von einer Laufbahn als Historiker in der Wissenschaft noch nicht aufgeben. Marita hatte nach ihrem Diplom vergeblich in der Region eine Stelle gesucht. In Wetter an der Ruhr fand sie schließlich eine Anstellung als Übersetzerin. So führten Rolf und sie zunächst eine Fernbeziehung. Dann endlich, im August 1960 heirateten auch sie.

Zu Luises großer Freude hatte Trudel im Dezember 1958 ihr erstes Kind geboren, einen kleinen Jungen, den sie Martin nannten. Der Junge war friedlich und Luise liebte es, sich um ihn zu kümmern, ihn zu baden, zu wickeln und zu füttern. Zur Erheiterung der Familie trug die Tatsache bei, dass Martins Onkel Alexander und Johannes, Rudolfs beiden Jüngsten, gerade einmal drei und vier Jahre älter waren als er. Gut zwei Jahre darauf bekamen Trudel und Ludwig ein Mädchen, das sie Hiltrud nannten und das ebenso liebevoll von Luise mitbetreut wurde wie ihr Bruder.

Rolf hatte bald einsehen müssen, dass eine wissenschaftliche Laufbahn wegen der unsicheren Bezahlung nicht infrage kam, Promotion hin oder her. Also beschloss er endgültig, in den Schuldienst zu gehen und trat bald sein Referendariat am Schönborn-Gymnasium in Bruchsal an. Marita hatte ihre Stelle in Wetter nach der Heirat gekündigt und in Bruchsal etwas gefunden, wo es ihr aber nicht sonderlich gut gefiel. So machte es ihr gar nicht viel aus, als Rolf seine erste Lehrerstelle in Stuttgart bekam. Rolf selber war weniger begeistert. Als echter Badener hegte er einen gepflegten Widerwillen gegen die Schwaben, mit denen das neue Bundesland Baden-Württemberg gebildet worden war. Marita schalt ihn albern. Sie selbst stammte aus dem westfälischen Münster, war aber mit neun Jahren zu ihrer Tante nach Insterburg geschickt worden, um dem Bombenhagel zu entfliehen. 1944 war sie wieder zurückgekommen und in Warendorf aufgewachsen. Außerdem hatte sie mehrere Monate als Au-pair-Mädchen in England und Frankreich verbracht. Es fiel ihr nicht schwer, sich in einer fremden Umgebung zurechtzufinden und neue Leute kennenzulernen. Als sie eines sonntags zu Besuch bei Luise waren, entbrannte eine lebhafte Diskussion darüber, wie schlimm Rolfs Versetzung nach Schwaben einzuschätzen war. Trudel und Ludwig bedauerten Rolf wortreich. Luise schlug sich auf Maritas Seite und meinte: „Feigheit vor dem Feinde hat noch immer geschadet. Es wird schon nicht so schlimm werden. Immerhin wohnt ihr dann in der Großstadt und seht mal was anderes als Weinberge, Felder und meinen Hühnergarten hier. Und schließlich sind die Schwaben auch nur Menschen.“ Rolf musste ihr rechtgeben: „Wir werden das Beste daraus machen. Es hilft ja nichts.“ Zunächst musste er eine Wohnung finden, was angesichts des Wohnungsmangels in Stuttgart nicht einfach war. Schließlich fand er eine im dreizehnten Stock eines nagelneu erbauten Hochhauses in einem Stadtteil etwas außerhalb. Trudel war mit dem dritten Kind schwanger und froh um Luises Unterstützung. So hatte diese auch keine Zeit, Trübsal zu blasen, weil Rolf jetzt weiter weg wohnte. Die Felder hatte sie nach und nach abgegeben. Sie bewirtschaftete nur noch den Wengert und den Garten hinter dem Haus. Die beiden Ziegen waren nacheinander gestorben und keine neuen mehr angeschafft worden. Nur die Hühner hatte Luise behalten, denn ganz ohne Tiere konnte sie sich ihr Leben nicht vorstellen.

Kapitel 26

Rolf und Marita lebten sich in Stuttgart besser ein als erwartet. Rolf tat sich mit der Mentalität der Menschen zwar zunächst etwas schwer, aber der Schuldienst mit seinen täglichen Herausforderungen machte ihm viel Freude. Marita hatte sich mit anderen jungen Frauen im Haus angefreundet, so dass sie nicht unter Einsamkeit litt. Allerdings hatten die meisten von ihnen schon Kinder, die sich Marita ebenfalls sehnlich wünschte. Wenige Wochen nach dem Umzug, bei dem Luise den beiden geholfen hatte, luden sie sie zu sich ein. Luise genoss bereits die Bahnfahrt nach Stuttgart und verlebte dort ein schönes Wochenende. Eines Tages rief Rolf bei ihr an. Sie hatten jetzt Telefon, denn Ludwig liebte alle technischen Dinge und hatte Trudel und Luise den Fernsprecher schmackhaft gemacht. Zuerst hatte Luise gedacht, dass sie für sich als Privatperson ohne ein Geschäft doch kein Telefon benötigte. Aber nachdem Rolf so weit weg wohnte, fand sie es doch ganz praktisch. In dem modernen Hochhaus, wo Rolf und Marita lebten, war gleich ein Telefon angeschafft worden. Das hatten dort anscheinend alle Leute. Zum Plaudern rief Rolf eigentlich nicht an, nur wenn es etwas Wichtiges gab. Als das Telefon nun klingelte, hob Luise leicht besorgt den Hörer ab. „Grüß dich, Mutter“, hörte sie gleich darauf Rolfs Stimme, „wie geht´s bei euch?“ Luise runzelte die Stirn: „Bei uns ist alles in Ordnung. Bei euch auch?“ Sie kannte Rolf gut genug, um zu wissen, dass er seine Gefühle selten offen zeigte. „Ja“, gab Rolf zur Antwort, „bei uns ist alles Bestens! Mutter, wir bekommen Nachwuchs!“

„Oh Rolf, das freut mich aber!“, rief Luise. „Und wie

geht es deiner Frau?“ Rolf berichtete von Morgenübelkeit und Müdigkeit und dass der Arzt gesagt hatte, dass das völlig normal sei. Luise musste schmunzeln. Als sie mit ihren beiden schwanger gewesen war, hatte sie ebenfalls ordentlich darunter gelitten. Wie lange das her war! Und wie lange Hans schon nicht mehr bei ihr war! Er hätte sich bestimmt auch über die Enkel gefreut. „Dann bestell Marita mal herzliche Grüße von mir!“, meinte Luise abschließend. „Das mach ich!“, antwortete ihr Sohn, „und komm uns nur recht bald wieder besuchen.“

Im Januar 1963 wurde Trudel und Ludwigs Jüngster geboren. Er wurde Karl-Ulrich getauft zu Ehren von Ludwigs verstorbenem Vater. Gerufen wurde er jedoch nur Uli. Er war blond und blauäugig. Luise war ganz vernarrt in den Kleinen. Sie meinte, dass Rolf so ähnlich ausgesehen habe, nur dass dieser noch Locken gehabt hatte.

Im Juli bekam Marita ein Mädchen. Rolf hatte seine Frau im Krankenhaus abgeliefert und war erst nach der Geburt wieder dort aufgetaucht. Luise, der es damals ebenso gegangen war, empfand dies zwiespältig. Geburten im Krankenhaus waren im Vergleich zu einer Hausgeburt durch die medizinische Versorgung bestimmt sicherer. Auf der anderen Seite mussten die Frauen ihre Kinder ohne den Beistand einer vertrauten Person wie zum Beispiel der Mutter oder einer Schwester auf die Welt bringen. Dem Ehemann war eine Geburt nicht zuzumuten. Aber wenigstens hatte sie ihre Kinder noch gestillt. Das war jetzt auch aus der Mode. Die Kinder bekamen die Milch mit der Flasche und die Mütter mussten Medikamente nehmen, um den Milchfluss zu stoppen. Luise fand das nicht richtig. „Bei den Kühen bekamen nur die Kälbchen die Flasche, deren Mütter nicht genug Milch hatten. Alle anderen durften bei ihrer Mutter trinken. Bei den Menschen sollte das nicht anders sein", hatte sie einmal gesagt. Ihre Kinder hatten gelacht und gemeint, sie sei altmodisch.

Luise konnte es kaum erwarten, nach Stuttgart zu fahren und ihr neues Enkelkind kennenzulernen. Die kleine Hannelore war groß und kräftig, ganz nach ihrem Geschmack. Rolf und Marita waren sehr stolz auf ihr Töchterchen. Luise wurde nicht müde, sich um ihre Enkel zu kümmern. Sie half beim Baden, Wickeln und Füttern. Den größeren las sie vor oder erzählte Märchen. Manchmal erzählte sie Martin und Hiltrud auch von ihrer Kinderzeit. Den beiden erschien das Leben in der Mühle zu Beginn des Jahrhunderts fast ebenso fantastisch und spannend wie erfundene Geschichten. Gern erzählte sie auch davon, wie Rolf und Trudel klein gewesen waren. Dass die beiden ohne Vater hatten aufwachsen müssen, machte die beiden jedes Mal etwas nachdenklich. Dann konnte es sein, dass sie zu Ludwig rannten und ihn besonders stürmisch umarmten, sobald er nach Hause kam.

Als Martin in die Schule kam, übernahm es Luise, ihn bei den Hausaufgaben zu überwachen, so wie es seinerzeit die Großmutter bei Rolf getan hatte. Heutzutage hatten die Kinder viel schönere Sachen. Da gab es Fibeln und Hefte, Buntstifte und Holzstifte. Es gefiel Luise, ihrem Enkel dabei zuzusehen, wie eifrig er mit seinem Material hantierte. Besonders das Rechnen fiel ihm leicht, so dass ihm die Lehrerin oft Sonderaufgaben stellte.

So vergingen die Jahre, ohne dass sich viel änderte, bis eines Tages wieder ein Anruf von Rolf kam. „Dieses Mal habe ich zwei gute Nachrichten", begann er. „Marita ist wieder schwanger und ich werde einen Versetzungsantrag Richtung Heimat stellen.“ Zu Beginn des Jahres 1966 erhielt Rolf die Zusage, nach Ostern ans Bruchsaler Schönborn-Gymnasium zurückzukehren. Nun war die Frage, wo sie wohnen würden. Rolf und Marita wollten gerne ein Haus bauen, sobald sie sich hier wieder eingelebt hatten. Einer der Mühlenäcker, den Luise nach dem Tod der Großmutter geerbt hatte, wäre als Bauplatz geeignet. Diesen wollte sie Rolf übergeben. Aber zunächst musste eine andere Bleibe gefunden werden. Nun war es so, dass sich Fritz und Maria ein kleines Häuschen als Alterssitz neben der Mühle gebaut hatten. Noch lebten sie im großen Wohnhaus der Mühle, so dass das Häuschen leer stand. Fritz bot Rolf an, dass sie darin einziehen und wohnen könnten, bis ihr eigenes Haus fertig war.

Die Geburt von Maritas Baby war für Ende März berechnet worden. Aber der neue Erdenbürger ließ sich Zeit. Täglich wartete Luise auf den Anruf, dass das Kind geboren sei. Endlich, am Gründonnerstag, zehn Tage nach dem errechneten Termin, rief Rolf an: „Mutter, wir haben wieder ein gesundes Mädchen. Sie heißt Monika und ist wahrhaftig noch kräftiger als ihre Schwester damals! Sie mussten die Geburt einleiten, weil sich nichts tat. Das war für Marita wohl sehr schmerzhaft.“ Luise war erleichtert über die Nachricht, wenn ihr Marita auch leidtat. „Ach die Arme!“, rief sie, „aber die Hauptsache ist, dass die beiden es glücklich überstanden haben!“

Am Mittwoch nach Ostern traf Rolf mit der kleinen Hannelore und einer ganzen Ladung Hausrat in Langenbrücken ein. Vorerst wohnten sie bei Trudel und Ludwig. Betten wurden geschoben und Zimmer getauscht. „Fast wie damals im Krieg, als ständig irgendwelche Leute bei uns gewohnt haben", meinte Rolf. „Na ja", gab Trudel zur Antwort und klopfte Rolf auf die Schulter, „ihr seid ja nun nicht irgendwelche Leute." Luise hatte angeboten, für ein paar Wochen nach Stuttgart zu fahren, um Marita mit dem Baby und dem Umzug unter die Arme zu greifen. Sechs Wochen später zog Rolfs kleine Familie ins Mühlenhaus.

Eines Abends im Mai saß Luise auf der Bank vor dem ehemaligen Ziegenstall, der jetzt als Schuppen diente. Ludwig hatte sie ihr als „Rentnerbänkchen" selbst gebaut. Es war ein milder Frühlingsabend, an dem man nur mit einer Strickjacke bekleidet draußen sitzen konnte. Luise ließ die Gedanken schweifen. Es waren gute, frohe Gedanken. Die letzte Zeit hatte sie sehr angestrengt, aber nun waren alle Kinder und Enkel wieder mit ihr an einem Ort vereint. So fand sie es am schönsten. Jetzt würde sie auch Rolfs Kinder heranwachsen sehen. Fünf Enkel waren schon eine schöne Zahl. Vielleicht würde Marita auch noch ein drittes Kind bekommen. Das Heimweh nach Hans war nie weggegangen, aber dennoch war Luise mit sich und ihrem Leben im Reinen. Es war oft sehr schwer gewesen, immer für alles alleine zu sorgen und jedem der Fels in der Brandung zu sein. Aber der Herrgott hatte ihr bisher eine gute Gesundheit gegeben, so dass sie die Aufgaben immer hatte bewältigen können. Nun war sie müde und schickte sich an ins Bett zu gehen. Luise blickte zum Himmel und murmelte: „Danke, lieber Gott und gute Nacht, mein lieber Hans.

Nachwort

Im Sommer 1966 erkrankte Luise an Brustkrebs. Es war damals ein Tabu, sich selbst an der Brust anzufassen. Eine Krebsvorsorge gab es auch keine. So wurde die Krankheit erst in einem sehr fortgeschrittenen Stadium erkannt. Luise wurde zwar operiert und auch bestrahlt, was damals eine sehr ungenaue und leider auch schmerzhafte Behandlung war. Der Aufschub war jedoch nur von kurzer Dauer. Am Ende hatte der Krebs in Galle und Leber gestreut. In ihren letzten Lebenswochen wechselten sich Rolf und Trudel am Bett ihrer Mutter ab. Am Morgen des 23. Novembers 1967 rief Trudel Rolf an, er möge sofort kommen. So konnte Luise sterben, wie sie am liebsten gelebt hatte, begleitet von ihren beiden geliebten Kindern.

1968 zog Rolf in sein neues Haus. Etwa ein Jahr später wurde seine jüngste Tochter geboren. Das war ich. Somit bin ich das einzige Enkelkind, dessen Geburt Oma Lulu nicht mehr erlebt hat. Zum Glück pflegte meine Mutter regen Kontakt zu den Geschwistern von Hans und Luise. Ich hatte keine Großeltern, da auch die Eltern meiner Mutter schon nicht mehr lebten, als ich geboren wurde. Aber ich hatte jede Menge Großtanten- und Onkel, die uns Kindern stets freundlich gesonnen waren. Am liebsten mochte ich Tante Berta. Sie lebte allein in einem alten Haus mit einem urigen Garten und hatte einen unglaublich lieben und verschmusten Dackel. Mit Onkel Rudolf verband mich die Liebe zum Singen. Viele Jahre durfte ich mit ihm und seinem Sohn Helmut im Kirchenchor singen. Ich sehe ihn heute noch vor mir, wie er bereits im fortgeschrittenen Alter kerzengerade auf seinem Stuhl saß, seine schöne Bass-

Stimme erklang, und er immer mit beiden Füßen den Takt mitschlug. Mit Onkel Ruddel verband mich die Liebe zum Wald. Außerdem sammelte er wie ich gerne Steine.

Besonders imponierte mir die Tante Trudel aus Amerika. Bis in ihr achtzigstes Lebensjahr flog sie noch jedes Jahr einmal von Florida nach Deutschland, um ihre Verwandten zu besuchen. Mit Anfang achtzig kehrte sie endgültig in ihre alte Heimat zurück. Sie wurde 102 Jahre alt und hatte auch hochbetagt noch Temperament und Witz wie keine andere Frau aus ihrer Generation, die ich sonst kannte.

Die Begebenheiten in diesem Roman beruhen ausschließlich auf Tatsachen, die sich so oder so ähnlich abspielten. Meine beiden Zeitzeugen waren in erster Linie mein Vater Rolf und meine Tante Trudel, die beide hochbetagt, aber geistig noch sehr rege sind. Ohne sie würde es dieses Buch nicht geben.

Ich hoffe, dass es mir gelungen ist, allen Personen aus der Familie, die in dem Buch vorkommen, ein würdiges Andenken zu geben.

Danksagung

Als erstes danke ich meinem Vater und meiner Tante Trudel. Ihr habt mir nicht nur in zahllosen Gesprächen, Telefonaten und Niederschriften den ganzen Stoff geliefert, sondern unermüdlich Korrektur gelesen und etliche Fehler ausgebügelt. Tausend Dank dafür!

In Dankbarkeit gedenke ich meiner Mutter, die leider 2018 verstarb. Die Familie war ihr ein und alles. Von klein auf las sie mir täglich vor und ermutigte mich, mir noch vor dem Schuleintritt das Lesen selbst beizubringen. Da ich als Kind oft kränkelte und im Bett liegen musste, vertrieb sie mir die Zeit, indem sie Stunden an meinem Bett saß und mir Pippi Langstrumpf, den Räuber Hotzenplotz und vieles andere vorlas. Während meine Söhne bildlich gesprochen von klein auf einen Ball an den Füßen kleben hatten (auch wenn ich ihnen viel vorlas), klebten mir zeitlebens Bücher an den Händen.

Neben einigen anderen Autoren ist Astrid Lindgren mein großes Idol. Ich danke unserem Herrgott für diese Schriftstellerin. Die Schönheit und Schlichtheit ihrer Sprache, gepaart mit großer Herzenswärme, ist nach meinem Empfinden nahezu unerreicht.

Zur Autorin

Ursula Herzel wurde 1969 in Bruchsal geboren. Nach dem Abitur absolvierte sie ein Studium für das Realschullehramt an der Pädagogischen Hochschule Heidelberg mit den Fächern Musik, Deutsch und Geschichte. Nach einer kurzen Zeit im Schuldienst und der Geburt ihrer drei Kinder entschloss sie sich, sich ganz der Musik zu widmen. So machte sie sich als Sängerin selbständig und begann ihre Unterrichtstätigkeit bei der Kreismusikschule Kaiserslautern. Dort unterrichtet sie seit 2008 Gesang und Elementare Musikpädagogik. Ursula Herzel ist verheiratet und lebt in der Nähe von Kaiserslautern. „Man muss so machen, wie´s geht“ ist ihr erster Roman.